祝勇故宫系列

故宫的古物之美

古物之美 3

The Beauty
of Antiquities
in The Palace
Museum Vol. 3

祝勇————

著

人民文学出版社

图书在版编目 (CIP) 数据

故宫的古物之美 .3/ 祝勇著 .—北京：人民文学出版社，2020（2020.12重印）
ISBN 978-7-02-015661-0

Ⅰ.①故… Ⅱ.①祝… Ⅲ.①散文集—中国—当代 Ⅳ.① I267

中国版本图书馆 CIP 数据核字（2019）第 195502 号

责任编辑　赵　萍　薛子俊
装帧设计　崔欣晔
责任校对　刘晓强
责任印制　王重艺

出版发行　人民文学出版社
社　　址　北京市朝内大街 166 号
邮政编码　100705
网　　址　http://www.rw-cn.com

印　　刷　北京盛通印刷股份有限公司
经　　销　全国新华书店等

字　　数　148 千字
开　　本　880 毫米 ×1230 毫米　1/32
印　　张　11.5
印　　数　25001—30000
版　　次　2020 年 3 月北京第 1 版
印　　次　2020 年 12 月第 3 次印刷

书　　号　978-7-02-015661-0
定　　价　79.00 元

如有印装质量问题，请与本社图书销售中心调换。电话：010-65233595

故宫沙砾

它是对我们古老文明的惊讶与慨叹，是一种由文化血统带来的由衷自豪。

一

我不知道本书的写成，有多少是出于一家著名刊物主编的威逼与利诱，有多少是出于自愿，因为在写过《故宫的隐秘角落》之后，我隐隐地有了写故宫"古物"的冲动。

有一点是明确的：这注定是一次费力不讨好的努力，因为故宫收藏的古物，多达一百八十六万多件（套）。我曾开玩笑，一个人一天看五件，要全部看完，需要一千年，相当于从周敦颐出生那一年（北宋天禧元年，公元 1017 年）看到现在（公元2017 年）。这实在是一件幸福的烦恼：一方面，这让故宫成为一座"高大全"的博物馆，故宫一家的收藏超过 90% 是珍贵文物，材美工良，是古代岁月里的"中国制造"；另一方面，这庞大的基数，又让展示成为一件困难的事，迄今为止，尽管故宫博物院已付出极大努力，每年的文物展出率，也只有 0.6%。也就是说，有超过 99% 的文物，仍难以被看到，虽近在咫尺，却远似天涯。

至于书写，更不能穷其万一，这让我感到无奈和无力。这正概括了写作的本质，即：在庞大的世界面前，写作是那么微不足道。

二

这让我们懂得了谦卑。我曾笑言，那些给自己挂牌大师的人，只要到故宫，在王羲之、李白、米芾、赵孟頫前面一站，就会底气顿失。朝菌不知晦朔，而蟪蛄不知春秋，这不只是庄子的提醒，也是宫殿的劝诫。六百年的宫殿（到 2020 年，紫禁城刚好建成六百周年）、七千年的文明（故宫博物院收藏的文物贯穿整个中华文明史），一个人走进去，就像一粒沙被吹进沙漠，立刻不见了踪影。故宫让我们收敛起年轻时的狂妄，认真地注视和倾听。

故宫让我沉静——在这座宫殿里，我度过了生命中最沉实和安静的岁月，甚至听得见自己每分每秒的脉搏跳动；但另一方面，故宫又让我躁动，因为那些逝去的人与事，又都凝结在这宫殿的每一个细节里，挑动我表达的欲望——

我相信在它们面前，任何人都不能无动于衷。

三

我把这些物质称作"古物"，而不是叫作"文物"，正是为了强调它们的时间属性。

每一件物上，都收敛着历朝的风雨，凝聚着时间的力量。

1914 年在紫禁城内成立中国第一个皇家藏品博物馆，就是以"古物"来命名的。它的名字叫——古物陈列所。如一百多年前《古物陈列所章程》所写："我国地大物博，文化最先。经传图志之所载，山泽陵谷之所蕴，天府旧家之所宝，名流墨客之所藏，珍赆并陈，何可胜纪……"[1]

1925 年故宫博物院成立，1928 年北伐成功后，南京国民政府颁布《故宫博物院组织法》，将故宫博物院的内部机构，主要分成"两处三馆"，分别是秘书处、总务处、古物馆、图书馆、文献馆，正式使用了"古物"一词，而且"古物"的范围，含纳了图书、文献之外的所有文物品类，古物馆的馆长，也由当时故宫博物院院长易培基先生兼任，副馆长由马衡先生担任（后接替易培基先生任故宫博物院院长），可见"古物"的重要性。

物是无尽的。无穷的时间里，包含着无穷的物（可见的、消失的）。无穷的物里，又包含着无穷的思绪、情感、盛衰、哀荣。

面对如此磅礴的物质书写，其实也是面对无尽的时间书写。我们每个人，原本都是朝菌和蟪蛄。

四

当我写下每个字的时候，我知道自己陷入了不可救药的狂妄，仿佛自己真如王羲之《兰亭集序》所说，可以"仰观宇宙之大，俯察品类之盛"。

但我知道我不是写《碧城》诗的李义山，"星沉海底当窗见，雨过河源隔座看"，一个人面对岁月天地，像敬泽说的，"是被遗弃在宇宙中唯一的人，他是宇航员他的眼是 3D 的眼。"[2] 我只是现实世界一俗人，肉眼凡胎，蚍蜉撼树。我从宫殿深处走过，目光扫过那些古老精美的器物，我知道我的痕迹都将被岁月抹去，只有这宫殿、这"古物"会留下来。

我笔下的"古物"，固然不能穷其万一，甚至不能覆盖故宫博物院收藏古物的六十九个大类，但都尽量寻找每个时代的标志性符号，通过一个时代的物质载体，折射同时代的文化精神，像孙机先生所说的，"看见某些重大事件的细节、特殊技艺的妙谛，和不因岁月流逝而消褪的美的闪光"[3]。我希望通过我的文字，串连成一部故宫里的极简艺术史。（本书也因此获得中国作家协会的重点项目扶持，当时书名拟为《故宫里的艺术史》，但这终究不是一部严格意义上的艺术史，于是改用了这个相对轻松的书名。）

五

　　我认真地写下每一个字，尽管这些文字是那么的粗疏——只要不粗俗就好。我知道自己的笔那么笨拙、无力，但至少，它充满诚意。

　　它是对我们古老文明的惊讶与慨叹，是一种由文化血统带来的由衷自豪。

　　尽管这只是时间中的一堆泡沫，转瞬即逝，但我仍希求在"古物"的照耀下，这些文字会焕发出一种别样的色泽。

第一章

空 山

山是他的教堂、是他的宫殿，是不绝如缕的音乐。

　　风烟俱净，天山共色。从流飘荡，任意东西。自富阳
至桐庐，一百许里，奇山异水，天下独绝。水皆缥碧，千
丈见底；游鱼细石，直视无碍……

　　　　　　　　　　　　——〔南朝梁〕吴均：《与朱元思书》

一

　　有一天，朱哲琴来故宫，告诉我在著名建筑师王澍设计的
富春山馆，她展出了一个声音装置，希望我有时间去看——或
者说，去听。我问声音装置是啥，朱哲琴说，是她采集的富春
江面和沿岸的声音素材，加工成的声音作品。她还说，那声音
是可以被看见的，因为她还采集了富春江水，声音让水产生震动，
光影反照在墙上，形成清澈变幻的纹路。她给这一作品起了个
名字，叫《富春山馆声音图》。

　　我敬佩朱哲琴对声音的敏锐，她让《富春山居图》这古老

的默片第一次有了声音，但我想，《富春山居图》里，原本是有声音的，只不过黄公望的声音，不是直接诉诸听觉，而是诉诸视觉，通过空间组织来塑造的。其实黄公望本身就是一个作曲家，徐邦达先生说他"通音律，能作散曲"[1]。黄公望的诗，曾透露出他对声音的敏感：

> 水仙祠前湖水深，
> 岳王坟上有猿吟。
> 湖船女子唱歌去，
> 月落沧波无处寻。[2]

元至正七年（公元 1347 年），黄公望与他的道友无用师一起，潜入苍苍莽莽的富春山，开始画《富春山居图》。这著名的绘画上，平林坡水、高崖深壑、幽蹊细路、长林沙草、墟落人家、危桥梯栈，无一不是发声的乐器。当我们潜入他的绘画世界，我们不只会目睹两岸山水的浩大深沉，也听见隐含在大地之上的天籁人声。也是这一年，黄公望画了《秋山图》，《宝绘录》说他"写秋山深趣长卷，而欲追踪有声之画"。

黄公望把声音裹藏在他的画里，朱哲琴却让画（光影图像）从声音里脱颖而出，这跨过七百年的山水对话，奇幻、精妙，仿佛一场旷日持久的共谋。

二

但我想说的，却是另一件很重要的事情——《富春山居图》（包括古往今来的中国山水画），之所以与音乐合拍，有一个原因：中国的山水画，有很强的抽象性。

绘画，本来是借助形象的，但赵孟頫老先生一句话，为绘画艺术定了性。他说："书画同源"（赵孟頫原话为"书画本来同"）。这句话，一句顶一万句，因为它不仅为中国书法和绘画——两门最重要的线条艺术，溯清了源头，解释了它们在漫长文明中亲密无间、互敬互爱的关系，更为它们指明了未来的路径，尤其是绘画，本质功能是写意（像书法一样），而不是为现实照相。

中国画，起初是从图腾走向人像的。唐宋之后，中国画迎来了巨大变革：

第一，山水画独立了，不再依附于人物画充当背景和道具，如东晋顾恺之《洛神赋图》里的山水环境，还有五代顾闳中《韩熙载夜宴图》里的山水屏风。

第二，色彩的重要性减弱，水墨的价值凸显。这过程，自唐代已开始，经荆浩、关仝、董源、巨然、米氏父子、马远、夏圭，形成"水墨为尚"的艺术观念。于是，"草木敷荣，不待丹碌之彩。云雪飘扬，不待铅粉而白。山不待空青而翠，凤不待五色而绵"[3]，因为墨色中，包含了世间所有的颜色，所谓"墨分五色"（张彦远的说法是"运墨而五色具"），水墨也从此在中国画家的纸页间牵连移动、泼洒渲染，缔造出素朴简练、空灵韵秀的水墨画。

第三，这份素朴简练，不仅让中国画从色彩中解放出来，亦从形象中解放出来，从而更具抽象性，更适合宋人的哲思玄想。当然，那是有限度的抽象，是在具象与抽象之间进进退退，寻求一种平衡。

水墨山水是中国的，也是文人的。欣赏水墨，需要审美修养的积累，因为它超越了色与形，而强调神与气。金庸写《射雕英雄传》，有黄蓉与郭靖谈画的一段，很有趣：

只见数十丈外一叶扁舟停在湖中，一个渔人坐在船头垂钓，船尾有个小童。黄蓉指着那渔舟道："烟波浩淼，一竿独钓，真像是一幅水墨山水一般。"郭靖问道："什么叫水墨山水？"黄蓉道："那便是只用黑墨，不着颜色的图画。"郭靖放眼但见山青水绿，天蓝云苍，夕阳橙黄，晚霞桃红，就只没黑墨般的颜色，摇了摇头，茫然不解其所指。[4]

总之，绘画由彩色（青绿）时代进入黑白（水墨）时代，这是中国艺术的一个巨大进步，或曰一场革命，这一过程，与由黑白时代进入彩色时代的摄影艺术刚好相反。

大红大紫的青绿山水，也没有从此退场，在历史中不仅余脉犹存，且渐渐走向新的风格。青绿与水墨，在竞争、互动中发展，才有各自的辉煌历史。

也因此，今人用材料指代绘画，一曰水墨，一曰丹青。

三

为此我们要回看两张图，一是北宋王希孟的《千里江山图》，一是南宋米友仁的《潇湘奇观图》。

其实王希孟与米友仁，年代相差不远。

王希孟生于北宋绍圣三年（公元 1096 年），很小就进了宋徽宗的美术学院（当时叫"画学"，是中国历史上最早的宫廷美术教育机构，也是中国古代唯一由官方创办的美术学院），但他毕业后没有像张择端那样，入翰林图画院当专业画家，而是被"分配"到宫中的文书库，相当于中央档案馆，做抄抄写写的工作。或许因为不服，他十八岁时创作了这卷《千里江山图》，被宋徽宗大为赞赏，宋徽宗亲自指导他笔墨技法，并将此画赏赐给蔡京。王希孟从此名垂中国画史，迅即又在历史中销声匿迹，不知是否死于靖康战乱。

米友仁是米芾长子，生于北宋熙宁七年（公元 1074 年），比王希孟还年长二十二岁，画史却常把他列为南宋画家，或许因他主要绘画活动在南宋，而且受到宋徽宗他儿子宋高宗的高度赏识，宫廷里书画鉴定的活儿，宋高宗基本交给米友仁搞定，所以今天，在很多古代书画上都可看见米友仁的跋尾。

王希孟《千里江山图》与米友仁《潇湘奇观图》，一为青绿、一为水墨，一具象、一抽象（相对而言），却把各自的画法推到了极致，所以这是两幅极端性的绘画，也是我最爱的两张宋画。

这两张图，好像是为了映照彼此而存在。

它们都存于北京故宫博物院，不知什么时候，它们可以同时展出，同时被看见。

先说《千里江山图》［图 1-1］吧，这幅画上，群山涌动、江河浩荡，夹杂其间的，有高台长桥、松峦书院、山坞楼观、柳浪渔家、临溪草阁、平沙泊舟，这宏大叙事的开阔性和复杂性自不必说，只说它的色彩，至为明丽，至为灿烂，光感那么强烈，颇似像修拉笔下的《大碗岛的星期日下午》，阳光通透，空间纯净，青山依旧，水碧如初，照射古老中国的光线，照亮了整幅画，使《千里江山图》恍如一场巨大的白日梦，世界回到了它原初的状态，那份沉静，犹如《春江花月夜》所写：

江天一色无纤尘，

皎皎空中孤月轮。

江畔何人初见月？

江月何年初照人？[5]

……

　　有评者曰："初唐诗人张若虚只留下一首《春江花月夜》，清代王闿运评为'孤篇横绝，竟为大家'。现代闻一多誉之为'诗中的诗，顶峰中的顶峰'。北宋王希孟的青绿山水卷《千里江山图》可比《春江花月夜》，孤篇压倒两宋，而论设色之明艳，布局的宏远，说前无古人，后无来者，也不为过。"[6]

　　然而，假如从这两幅画里再要选出一幅，我选《潇湘奇观图》。虽然王希孟的视野与胸怀已经有了超越他年龄的博大，但他的浪漫与天真，还带有强烈的"青春文学"印记，他对光和天空的神往，透露出青春的浪漫与伤感，还有失成熟和稳重。

　　这只是原因之一，更深刻的原因在于，比起王希孟《千里江山图》，米友仁《潇湘奇观图》[图1-2]更加深沉凝练、简约抽象，且因抽象而包罗万象。米友仁不仅舍弃了色彩，他甚至模糊了形象——《千里江山图》的焦距是实的，他截取的是阳

[图 1-1]

《千里江山图》卷，北宋，王希孟

北京故宫博物院 藏

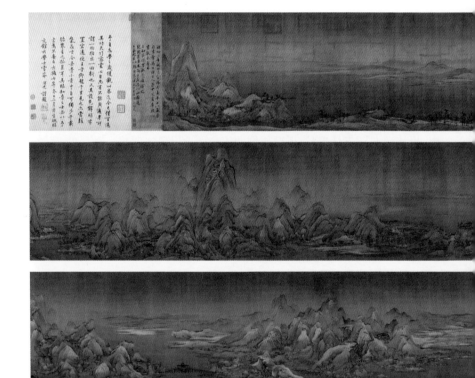

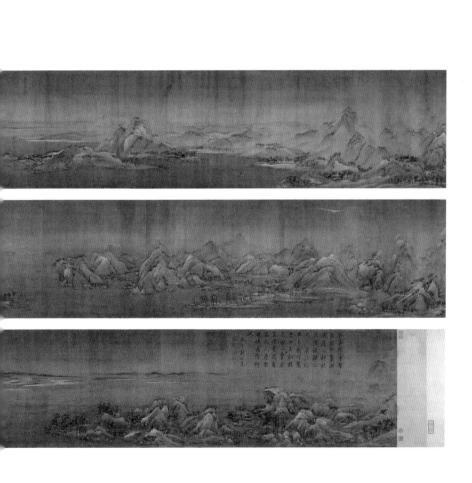

[图1-2]

《潇湘奇观图》卷，南宋，米友仁

北京故宫博物院 藏

光明亮的正午，每一个细节都清晰毕现；《潇湘奇观图》的焦距则是虚的，截取的烟雾空蒙的清晨——有米友仁自题为证："大抵山水奇观，变态万层，多在晨晴晦雨间。"与《千里江山图》的浓墨重彩相比，《潇湘奇观图》是那么淡、那么远、那么虚，全卷湮没于烟雨迷蒙中，山形在云雾中融化、流动、展开，因这份淡、远、虚而更见深度，更加神秘莫测。在"实体"之外，山水画出现了"空幻"之境。

《潇湘奇观图》，才是北宋山水画的扛鼎之作。

四

但绘画走到元朝，走到黄公望面前，情况又变了。

那被米友仁虚掉的焦点，又被调实了。

看元四家（黄公望、吴镇、王蒙、倪瓒），云烟空濛的效果消失了，山水的面目再度清晰，画家好像从梦幻的云端，回到了现实世界。

但仔细看，那世界又不像现实，那山水也并非实有。

它们似曾相识，又似是而非。

就像这《富春山居图》，很上去很具象，画面上的每一个细节，似乎都是真实的，但拿着《富春山居图》去富春江比对，我们永远找不出对应的景色。

可以说，《富春山居图》是黄公望精心设置的一个骗局，以高度的"真实性"蒙蔽了我们，抵达的，其实是一个"非真实"的世界。

那仍然是一种抽象——具象的抽象。

或者说，它的抽象性，是通过具象的形式来表现的。

很像小说中的魔幻现实主义，细节真实，而整体虚幻。

王蒙后来沿着这条路走，画面越来越繁（被称为"古今最繁"），画面却呈现出"一种难以言喻的超现实氛围，像是一个乌有之境"[7]。

那真实，是凭借很多年的写生功底营造出来的。

《富春山居图》，黄公望七十八岁才开始创作，可以说，为这张画，他准备了一辈子，而且一画，就画了七年。八十岁老人，依旧有足够的耐心，犹如托尔斯泰在六十一岁开始写《复活》，不紧不慢，一写就写了十年。他们不像当下的我们那样活得着急，连清代"四王"之一的王原祁都在感叹：

古人长卷，皆不轻作，必经年累月而后告成，苦心在是，适意亦在是也。昔大痴画《富春》长卷，经营七年而成，想其吮毫挥笔时，神与心会，心与气合，行乎不得行，止乎不得止，绝无求工求奇之意，而工处奇处斐亹于笔墨之外，几百年来神采焕然。[8]

黄公望活了八十五岁，他生命的长度刚刚够他画完《富春山居图》，这是中国艺术史的大幸。

可以说，他活了一辈子，就是为了这张画。

放下黄公望一生的准备不谈，只说画《富春山居图》这七年，他兢兢业业，日日写生，"五日画一山，十日画一水"，如他在《写山水诀》中自述："皮袋中置描笔在内，或于好景处，见树有怪异，便当模写记之，分外有发生之意。"[9]

李日华在《六研斋笔记》中记录："黄子久[10]终日只在荒山乱石、丛木深筱中坐，意态忽忽，人莫测其所为，又每往泖中通海处，看激流轰浪，虽风雨骤至，水怪悲诧，亦不顾。"[11]

因此，《富春山居图》上，画了十数峰，一峰一状，数百树，一树一态，"雄秀苍莽，变化极矣"[12]。明代大画家董其昌看到，彻底服了，简直要跪倒，连说："吾师乎，吾师乎，一丘五岳，都具是矣。"这赞美，他写下来，至今裱在《富春山居图》的后面。

　　在这具象的背后，当我们试图循着画中的路径，进入他描绘的那个空间，我们一定会迷失在他的枯笔湿笔、横点斜点中。《富春山居图》里的那个世界，并不存在于富春江畔，而只存在于他的心里。那是他精神世界的一部分，而不是现实世界的一部分。那是他的梦想空间，他内心里的乌托邦，只不过在某些方面，借用了富春江的形骸而已。

　　但在他其他的山水画中，山的造型更加极端，比如北京故宫博物院藏《快雪时晴图》卷［图 1-3］、《九峰雪霁图》轴，还有云南省博物馆藏的《剡溪访戴图》轴。就说《快雪时晴图》卷吧，这幅画里的山，全是直上直下的悬崖，基本上呈直角。它不像王希孟《千里江山图》那么明媚灿烂，不像米友仁《潇湘奇观图》那样如诗如梦，甚至不像《富春山居图》那么温婉亲切，在这里，黄老爷子对山的表现那么决绝、那么粗暴、那么蛮横。他画的，是人间没有的奇观，那景象，绝对是虚拟的。显然，黄公望已经迷恋于这种对山水的捏造，就像夏文彦所说："千丘万壑，愈出愈奇，重峦迭嶂，越深越妙。"[13]

　　我们在现实中找，却听见黄公望在黑暗中的笑声。

　　五

　　自我们今天能够见到的最古老的山水画——隋代展子虔《游

[图 1-3]

《快雪时晴图》卷，元，黄公望

北京故宫博物院 藏

春图》（北京故宫博物院藏）开始，中国画家就没打算规规矩矩
地画山。中国画里的山，像佛塔、像蘑菇、像城堡，也像教堂。
古人画山，表现出充分的任性，所以中国山水画，从来不是客
观的地貌图像，即使作者为他的山水注明了地址——诸如"潇
湘八景""剡溪访戴""洞庭奇峰""灞桥风雪"，也大可不必当真。
五代董源《潇湘图》与南宋米友仁《潇湘奇观图》，画的是同一
个潇湘（潇江与湘江），却几乎看不出是相同的地方。中国山水
画里的山形，大多呈纵向之势，一副"欲与天公试比高"的架势，
仿佛大自然积聚了万年的力量喷薄欲出。这样的山，恍若想象

中的"魔界"，适合荆浩《匡庐图》、范宽《溪山行旅图》（皆藏台北故宫博物院）这样的画轴，即使像北宋张先《十咏图》、王诜《渔村小雪图》、宋徽宗《雪江归棹图》、王希孟《千里江山图》，南宋赵伯驹《江山秋色图》（以上皆藏北京故宫博物院）、元代黄公望《富春山居图》这样的横卷，也不例外。如此汪洋恣肆、逆势上扬的山形，在现实中难以寻见（尤其在黄公望生活的淞江、太湖、杭州一带），除了梦境，只有在画家的笔下才能见到。

　　中国古人从来不以一种"客观"的精神对待山川河流、宇宙世界。中国古人的精神世界，没有像西方那样，经历过"主""客"

二分，世界没有分裂成"主体"（subject）和"客体"（object）两个部分，而外部世界（自然）也没有成为与主观世界（自我）相对（甚至对立）的概念，不是一个独立于自我之外的"他者"，因此也不仅仅是一个"看"的对象。自然就是自我，二者如身体发肤，分割不开，如庄子所说："天地与我并立，而万物与我为一"，大千世界，变化万千，一滴水、一粒沙、一片叶、一只鸟，其实都是人类感觉器官的延伸。

人类对世界的探索与发现，其实就是对自我的探索与发现。庄子说："朝菌不知晦朔，蟪蛄不知春秋。"朝菌是朝生夕死，所以它不知月（月初为朔，月底为晦），蟪蛄过不了冬，所以不知年（春秋）。他说的不只是自然界的两种小虫子，而是说人类自己——我们自己就是朝菌、蟪蛄，我们所能知道的世界，比它们又多得了多少？当然，庄子不会以这样的虫子隐喻自己，在他眼里，自己是美丽的蝴蝶，所以庄周梦蝶，不知道是自己梦见蝴蝶，还是蝴蝶梦见自己。李白独坐敬亭山，说："相看两不厌，只有敬亭山。"山即人，人即山。这山，不只是敬亭山，而是包括了天底下所有的山，当然也包括南宋词人辛弃疾在江西信州 [14] 所见的铅山，所以他说："我看青山多妩媚，料青山看我应如是"，人与自然、"自我"与"他者"，在古人那里，完全是重合的，它们的界限，在古人那里并不存在。

这种"天人合一"的观念，几乎构成了中国古代思想和艺术的核心观念。魏晋时代，山水绘画与山水文学几乎同时起步，历经宗炳、王微，到唐代李思训手里初步完成，引出山水画大师王维，再经五代荆浩、关仝、董源、巨然的锤炼打造，在宋元形成山水画的高峰，有了前面说到的米芾、王诜、王希孟、米友仁的纵情挥洒，有了赵孟𫖯的铺垫，才有黄公望脱颖而出，历经倪瓒、吴镇、王蒙，在明清两代辗转延续，自然世界里的万类霜天，才在历代画家的画卷上，透射出新鲜活泼的生命感，那"无机"的世界，于是变得如此"有机"，山水画才能感人至深（哪怕倪瓒的寂寞也是感人的），月照千山，人淡如菊，连顽石都有了神经，有悲喜、有力量。

徐复观先生在《中国艺术精神》里说"中国的风景画较西方早出现一千三四百年之久"[15]，相信这只是一种大而化之的说法，实际上，古代中国没有风景画——在古代中国人的心里，山水不只是风景，山水画也不是风景画。风景是身体之外的事物，是"观看"的对象，山水则是心灵奔走的现场——山重水复中，既包含了痛苦的体验，也包含着愿望的实现。人不是外置于"风景"，而是内化于"风景"，身体是"风景"的一部分，"风景"也是身体的一部分、生命的一部分。因此，"风景"就不再是"风景"，中国人将它命名为：山水。山水不是山和水的简单组合，或者说，它不只是一种纯物质形态，而是一种精神的体现。正因如此，在千年之后，我们得以透过古人的画卷，看见形态各异的山水，比如董源的圆转流动，范宽的静穆高远，王希孟的青春浪漫，赵孟頫的明净高古……

在西方，德国古典哲学自17世纪开始使用"主体"与"客体"概念。有了"主""客"二分，人类才能"认识世界"和"改造世界"，以研究和改造客观世界为目标的西方近代科学才应运而生，而西方风景画，就是"主体"观察、认识和表现"客体"的视觉方式，所以它的方法也是科学的，比如人体解剖，比如焦点透视。西方的风景画，也美，也震撼，比如俄罗斯巡回画派大师希施金(Ivan I. Shishkin)，以生动的笔触描绘出俄罗斯大自然，亦伟大，亦忧伤，但他所描绘的，是纯粹的风景，是对自然的"模仿"与"再现"。相比之下，中国山水画不是建立在科学之上，所以中国山水画里，没有极端的写实，也没有极端的抽象，它所描述的世界，介于二维与三维之间。

西方风景画是单点透视，无论画面多么宏大，也只能描绘自然的片段（一个场面），中国山水画里则是多点透视——高远、平远、深远的"三远"图式，在唐代就已流行，北宋郭熙说："自山下而仰山巅谓之高远，自山前而窥山后谓之深远，自近山而望远山谓之平远。"[16]而这仰望、窥视与远望，竟然可以运用到同一幅画面中。

这是最早的"立体主义",因为它已不受单点透视的局限,让视线解放出来,它几乎采用了飞鸟的视角,使画家自由的主观精神最大限度地渗透到画面中,仿佛电影的镜头,"空间可以不断放大、拉近、推远,结束了又开始,以至于无穷尽,使观者既有身在其中的体验,又获得超乎其外的全景的目光。山水画表现空间,然而超空间;描绘自然,然而超自然。"[17]

西方人觉得,中国画是平面的,缺乏空间感,岂不知中国画里藏着更先进的空间感。以徐复观先生的说法,中国画领先西方现代派一千三四百年,又是成立的。但"主""客"不分的代价是,中国人强调了精神的蕴含而牺牲了对"物理"的探索。像黄公望这些画家,一生中大部分时间在云游,但兴趣点,却不在地理与地质。古代中国人的世界观,是经验的,而不是逻辑的;是哲学的,而不是科学的。著名的"李约瑟难题",即"为何近代科学没有产生在中国,而是在 17 世纪的西方,特别是文艺复兴之后的欧洲",我想其秘密就藏在:中国人的思想世界,没有像西方人那样,经历过"主体"与"客体"的分家。这一看似微小的差别,在 17 世纪以后被迅速放大,经过几百年的发酵,中国与西方的历史,已判若云泥。

六

关于中国山水画的抽象性，我说得有点抽象了，还是回到黄公望吧。

他究竟是怎样一个人呢？

黄公望的履历，至为简单——他几乎一生都在山水中度过，没有起伏，没有传奇。

他的传奇，都在他的画里。

他一生中最大的转折，出现在四十七岁那年。那一年，黄公望进了监狱，原因是受到江浙行省平章政事张闾的牵连。四年前，黄公望经人介绍，投奔张闾，在他门下做了一名书吏，管理田粮杂务。但这张闾是个贪官，他管理的地盘，"人不聊生，盗贼并起"，被百姓骂为"张驴"。关汉卿《窦娥冤》里有一个张驴儿，不知是否影射张闾，从时间上看，《窦娥冤》创作的时间点与张闾下狱基本吻合，因此不能排除这种可能性。总之在元延祐二年（公元 1315 年），张闾因为逼死九条人命而进了监狱，黄公望也跟着身陷囹圄。关键的是，正是这一年，元朝第一次开科取士，黄公望的好朋友杨载中了进士，热衷功名的黄公望，则失去了这一"进步"的机会。

人算不如天算，出狱后的黄公望，渐渐断了入仕的念头，只能以两项专业技能为生——一是算卦，二是画画。还有两件事值得一说：首先是他在五十岁时成为赵孟頫的学生，从此自居"松雪斋中小学生"——显然，他上"小学"的时间比较晚，这也注定了黄公望大器终将晚成；其次，是他在六十周岁时，与二十八岁的"小鲜肉"倪瓒携手加入了一个全新的道教组织——全真教，从此改号："一峰道人"。

诗人西川在长文《唐诗的读法》里说，"唐以后的中国精英文化实际上就是一套进士文化（宋以后完全变成了进士—官僚文化）。"他提到，北宋王安石编《唐百家诗选》中近百分之九十的诗人参加过科举考试，进士及第者六十二人，占入选诗人总数的百分之七十二。而《唐诗三百首》中入选诗人七十七位，进士出身者四十六人。

据此，西川说："进士文化，包括广义上的士子文化，在古代当然是很强大的。进士们掌握着道德实践与裁判的权力、审美创造与品鉴的权力、知识传承与忧愁抒发的权力、钩心斗角与政治运作的权力、同情／盘剥百姓与赈济苍生的权力、制造舆论和历史书写的权力。你要想名垂青史就不能得罪那些博学儒雅但有时也可以狠刀刀的、诬人不上税的进士们。"[18]

但任何理论都是模糊的，比如黄公望，就是这"进士文化"的漏网之鱼，在这规模宏大的"进士文化"中，黄公望只能充当一个"路人甲"。而且，在元代，"进士文化"的漏网之鱼，还不止黄公望一个[19]，吴镇、倪瓒、曹知白等，都未考科举，未当官，王蒙只在朱元璋建立明朝以后当过一个地方官（泰安知州），后来因胡惟庸案而惨死在狱中，他在元朝也基本没当过官（只在张士诚占据浙西时帮过一点小忙）。在道教界，这样远离科举的人就更多，仅黄公望的朋友中，就有画家方从义、张雨，以及著名的张三丰。

尽管元朝统治者希望像《尚书》里教导的那样，做到"野无遗贤，万邦咸宁"，但在帝国的山水之间，还是散落着那么多的"文化精英"。他们不像唐朝李白，想做官做不成（西川文中说李白没有参加科举考试的资格），但他承认自己"我志在删述，垂辉映千春"，心里是想着当官的，这些元朝艺术家，对科举一点兴趣没有，也不打算搭理什么鸟皇帝。所以，清代孙承泽《庚子销夏记》说："元季高人不愿出仕。"这样的一个精英文化阶层，成为元朝的一个"文化现象"，也是"进士文化"传统的一个例外。

由此我们可以知道，黄公望的内心世界，与当了大官的赵孟頫截然不同。当然他们也不是"竹林七贤"，躲在山水间，装疯卖傻；也不像李白，张扬、自傲，甚至有点跋扈。黄公望内心的纯然、宁静、潇洒，都是真实的，不是装给谁看的，当然，也没有人看。

所以，才有了黄公望对山水的痴迷。

他也才因此成了"大痴"。

他在王蒙《林泉清话图》上题诗：

霜枫雨过锦光明，

涧壑云寒暝色生。

信是两翁忘世虑，

相逢山水自多情。

他的内心，宁静澄澈、一尘不染。

他的心里，有大支撑，才不为功名所诱引，不为寂寞所负累，山是他的教堂，是他的宫殿。

是不绝如缕的音乐。

他晚年在富春山构筑堂室，说："每春秋时焚香煮茗，游焉息焉。当晨岚夕照，月户两窗，或登眺，或凭栏，不知身世在尘寰矣。"

现实的世界，"人太多了，太挤了，太闹了。但人群散去，天地大静，一缕凉笛绕一弯残月，三五人静坐静听"[20]，李敬泽说的是张岱，也适用于黄公望。

七

黄公望或许就像《射雕英雄传》里黄蓉他爹黄药师，隐居桃花岛，"桃花影落飞神剑，碧海潮生按玉箫"。巧合的是，黄公望不仅像黄药师那样，有一套庞杂的知识结构，所谓上通天文，下通地理，五行八卦、奇门遁甲、琴棋书画，甚至农田水利、经济兵略等亦无一不晓，亦曾隐居于太湖，而且，也喜欢一种乐器，就是一支铁笛。

有一次黄公望与赵孟頫等人一起游孤山，听见西湖水面上隐约的笛声，黄公望说："此铁笛声也。"于是摸出身上的铁笛吹起来，边吹边朝山下走去。湖中的吹笛人听见笛声，就靠了岸，吹着笛上了山。两处笛声，慢慢汇合在一起。两人越走越近，错身而过，又越走越远，那笛声，在空气中荡漾良久。

黄公望为人，直率透明，如童言般无忌。七十四岁那年，危素来看他，对着他刚画完的《仿古二十幅》，看了许久，十分眼馋，便问："先生画这组册页，是为了自己留着，还是要送给朋友，传播出去呢？"黄公望说："你要是喜欢，就拿走吧。"危素大喜过望，说："这画将来一定值钱。"没想到黄公望闻言大怒，劈头盖脸骂了一顿："你们敢用钱来评价我的画，难道我是商人吗？"

其实危素虽然小黄公望三十四岁，却是黄公望最好的朋友之一。他曾官拜翰林学士承旨，参与过宋、辽、金三史的编修，他曾珍藏二十方宋纸，从不示人，他向黄公望求画，就带上这些宋纸，因为在他心里，只有黄公望的画能够配得上。（《宝绘录》说："非大痴笔不足以当之。"）对危素求画，黄公望从未拒绝，仅六十岁那一年，黄公望就给危素画了《春山仙隐图》《茂林仙阁图》《虞峰秋晚图》《雪溪唤渡图》四帧画作，而且，在画末，还有柯九思、吴镇、倪瓒、王蒙的题诗。黄吴倪王"元四家"在相同的页面上聚齐，这危素的人品，也太好了。

关于黄公望的个性，元代戴表元形容他"其侠似燕赵剑客，其达似晋宋酒徒"[21]。关于他喝酒，有记载说，当他隐居山中，每逢月夜，都会携着酒瓶，坐在湖桥上，独饮清吟，酒罢，便扬手将酒瓶投入水中。

那种潇洒，有如仙人。

以至于很多年后，一个名叫黄宾虹的画家仍在怀念："湖桥酒瓶，至今犹传胜事。"[22]

我不知道黄公望的山水画里，包含了多少道教的眼光，但仙侠气是有的。所以看他的山水画，总让我想起金庸的武侠世界，空山绝谷之间，不知道有多少绝顶高手在隐居修炼——《丹崖玉树图》轴［图1-4］的右下角，就有一人在木桥上行走，可见

［图1-4］
《丹崖玉树图》轴，元，黄公望
北京故宫博物院 藏

这座大山，就是他的隐居修炼之所。只是在他的大部分山水画里，像前面说过的《快雪时晴图》卷、《九峰雪霁图》轴，看不到人影，到处是直上直下的叠嶂与深渊，让人望而生畏。

假如我们将黄公望的山水画卷（如《富春山居图》《快雪时晴图》）一点点展开，我们会遭遇两种相反的运动——手卷是横向展开的，而画中的山峰则在纵向上的跃动，一起一落，表现出强烈的节奏感，如咚咚咚的鼓点，气势撼人，又很像心电图，对应着画家的心跳，还像音响器材上的音频显示，让山水画有了强烈的乐感。

其实，在山势纵向的跃动中，还掺杂着一种横向的力量——在山峰的顶部，黄公望画出了一个个水平的台面。好像山峰被生生切去一块，出现一个个面积巨大的平台，与地平线相呼应，似乎暗示着人迹的存在。这样的"平顶山"，在以前的绘画中虽亦有出现，但在黄公望那里却被夸大，成为他笔下最神奇的地方，在《岩壑幽居图》轴、《洞庭奇峰图》轴、《溪亭秋色图》轴、《溪山草阁图》轴、《层峦曲径图》轴（皆藏台北故宫博物院）等画作中反复出现，仿佛由大地登天的台阶，一级级地错落，与天空衔接。那充满想象力的奇幻山景，有如为《指环王》这样的大片专门设计的布景。那里是时间也无法抵达的高处，是人与天地对话的舞台。

山四明文太守家藏大痴長卷也余郡有鄭盂
未公藏黃鶴时的畫迹之因未舒郷�說示余
余如拿和太守拈文仲此卷卽天際烏雲帖余見余為
松之為大圖之 樗仙云 朱貴傳

道
光
丙
戌
清
明
齋
梅
嶺
員
外
通
三
松
堂
撰
此
傾
見
示
余
臾
大
痴
長
松
余
一
鏡
為
希
世
之
寶
院
嘆
橋
崖
擁
墨
綠
深
又
自
章
老
年
眼
福
留
三
松
掌
十
日
為
臨
數
字
悵
之
良
為
我
兩
人
慶
時
迻
也
滿
庚
月
時
年
八
有
七

樗溪稱中含党我扣郷豆柚寄統
張此圖為襲襄因以惟之 余有兩三十
松二巧嘉慶卯

黄公望好似一位纸上的建筑师，通过他的空间蒙太奇，完成他对世界的想象与书写；又像一个孩子在搭积木，自由、率性、决然地，构筑他想象中的城堡。

西川在《唐诗的读法》中说，唐人写诗，"是发现、塑造甚至发明这个世界，不是简单地把玩一角风景、个人的小情小调"[23]。其实，中国画家（包括黄公望在内）描绘山水，也是在缔造、发明着一个属于自己的世界。他如此肆意狂为地塑造、捏合着山的形状，透露出画家近乎上帝的身份——他是真正的"创世者"，在纸页上、在想象中，缔造出一种空旷而幽深、静穆而伟大的宇宙世界，并将我们的视线、精神，从有限引向无限。

黄公望笔下的富春山，山峰起伏，林峦蜿蜒，平冈连绵，江山如镜。

那不是地理上的富春山。那是心理上的富春山，是一个人的意念与冥想，是彼岸，是无限，是渗透纸背的天地精神。

"宇宙便是吾心。"

在高处，白发长髯的黄公望，带着无限的慈悲，垂目而坐，远眺群山。

八

《富春山居图》原本是无用师的"私人订制"。他似乎已经意识到，自己将得到的，注定是一件伟大的作品。它在绘画史上的地位，可比王羲之《兰亭序》在书法史上的地位，如明代邹之麟在卷后跋文中说："至若《富春山居图》，笔端变化鼓舞，右军之《兰亭》也，圣而神矣。"

这幅浩荡的长卷，不仅收容了众多山峰，它自身也将成为无法逾越的高峰。所以，他为黄公望提前准备了珍稀的宋纸，然后，耐心地等待着杰作的降临。只是，他没有想到，这一等，就等了七年。

我想，这七年，对无用师来说，是生命中最漫长的七年。想必七年中的日日夜夜，无用师都在煎熬中度过。因为无用师并不知道这幅画要画七年，不知道未来的岁月里，会有怎样的变数。在《富春山居图》完成之前，一切都是那么不确定。为了防止有人巧取豪夺，无用师甚至请黄公望在画上先署上无用师本号，以确定画的所有权。

黄公望似乎并不着急，好像在故意折磨无用师，他把无用师等待的过程，拖得很长。实际上，黄公望也在等，等待一生中最重要作品的到来。尽管他的技巧已足够成熟老辣，尽管生命中的尽头在一点点地压迫他，但他仍然从容不迫，不紧不慢。

此前，黄公望已完成了许多山水画，全是对山水大地的宏大叙事，比如，他七十六岁画的《快雪时晴图》、七十七岁画的《万里长江图》。与《富春山居图》同时，七十九岁时，他为倪瓒画了《江山胜览图》，八十岁，画了《九峰雪霁图》《郯溪访戴图》《天涯石壁图》，八十五岁，画了《洞庭奇峰图》……

他的生命中，只缺一张《富春山居图》。

但那张《富春山居图》注定是属于他的，因为那图，已在他心里酝酿了一辈子。他生命中的每一步，包括受张闾牵连入狱，入赵孟頫室为弟子，加入全真教，在淞江、太湖、虞山、富春江之间辗转云游，都让他离《富春山居图》越来越近。

《富春山居图》，是建立在他个人艺术与中国山水画长期渐变累积之上的。

它必定成为他艺术生涯中最完美的终点。

于是，那空白已久的纸上，掠过干瘦的笔尖，点染湿晕的墨痕。那些精密的点、波动的抛物线，层层推衍，在纸页上蔓延拓展。远山、近树、土坡、汀洲，就像沉在显影液里的相片，一点点显露出形迹。

到了清代，画家王原祁仍在想象他画《富春山居图》时的样子："想其呕毫挥笔时，神与心会，心与气合，行乎不得行，止乎不得止，绝无求工求奇之意，而工处奇处斐然于笔墨之外，几百年来，神采焕然……"[24]

终于，在生命终止之前，这幅《富春山居图》，完整地出现在黄公望的画案上，像一只漂泊已久的船，"泊在无古无今的空白中，泊在杳然无极的时间里"。

《富春山居图》从此成为巅峰，可以看见，却难以抵达。此后的画家，无不把亲眼见到它当成天大的荣耀；此后的收藏家，也无不把它当作命根，以至于明代收藏家吴问卿，专门筑起一栋"富春轩"安置《富春山居图》，室内名花、名酒、名画、名器，皆为《富春山居图》而设，几乎成了《富春山居图》的主题展，甚至连死都不舍《富春山居图》，竟要焚烧此画来殉葬，所幸他的侄子吴子文眼疾手快，趁他离开火炉，返回卧室，从火中抢出此画，把另一轴画扔进火里，偷桃换李，瞒天过海。可惜此画已被烧为两段，后一段较长（横 636.9 厘米），人称《无用师卷》[图 1-5]，现藏于台北故宫博物院；前一段只剩下一座山（横 51.4 厘米），人称《剩山图》[图 1-6]，现藏于浙江省博物馆。2011 年，这两段在台北联合展出，展览名曰："山水合璧"。这是《富春山居图》分割三百多年后的首次重逢。

永远不可能与我们重逢的一段，画着平沙秃峰，苍莽之致。当年烧去、化为灰烬的，大约是五尺的平沙图景，平沙之后，方起峰峦坡石。吴问卿的后代曾向恽格口述了他们记忆中的《富春山居图》被焚前的样貌，恽格把它记在《瓯香馆画跋》里。

在元代无用师之后、明代吴问卿之前，两百多年间，这幅

画过过好几道手，明代画家沈周、董其昌都曾收留过它。沈周
是明代山水画大家，明代文人画"吴派"开创者，与文徵明、
唐寅、仇英并称"明四家"。《富春山居图》辗转到他手上时，
还没有被烧成两段，虽有些破损，但主体尚好，这让沈周很兴
奋，认为有黄公在天之灵护佑，立马找人题跋，没想到乐极生悲，
画被题跋者的儿子侵占，拿到市场上高价出售，对沈周，不啻
当头一棒。沈周家贫，无力赎回，只能眼睁睁看着它渐行渐远，
直至鞭长莫及。痛苦之余，极力追忆画的每一个细节，终于在
六十岁那年，把黄公望《富春山居图》全图默写下来，放在手边，
时时端详，唯有如此，才能让心中的痛略有平复，同时，向伟
大的山水传统致敬。

　　这幅长卷，即《沈周仿富春山居图》［图1-7］，现藏于北京
故宫博物院。

　　《富春山居图》，是黄公望用命画出来的，所以它也滋养着
很多人的命。

九

　　我不曾去过王澍设计的富春山馆，但我去过富春江。那是
很多年前，我第一次到富春江时，穿过林间小径，看到它零星
的光影，待走到岸边，看到那完全倒映的山形云影，猜想着在

《无用师卷》，元，黄公望

台北故宫博物院 藏

茂林修竹内部奔走的各种生灵，内心立刻升起一种招架不住的欢欣，仿佛一种死灰复燃的旧情，决心与它从此共度一生。

一个朋友问：

今天的人，为什么画不出从前的山水画，写不出从前的山水诗？

我说，那是因为山水没了，变成了风景，甚至，变成了风景点。

[图 1-6]

《剩山图》卷，元，黄公望

浙江省博物馆 藏

前面说，风景是身体以外的事物，是我们身体之外的一个"他者"。

风景点，则是对风景的商业化。

它是我们的旅行目的地，是投资者的摇钱树。

风景点是一个点，不像山水，不是点，是面，是片，是全部的世界，是宇宙，把我们的身体、生命，严严实实包裹起来。

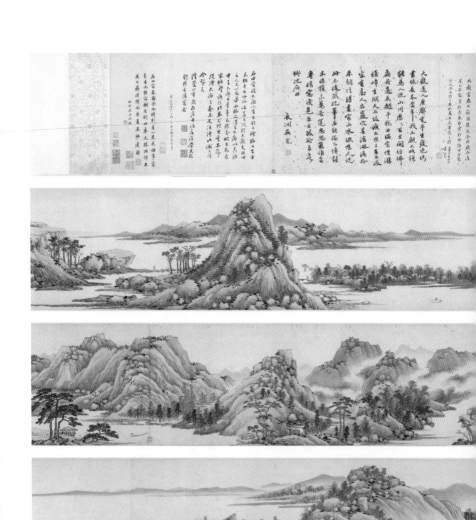

我们存在于其中，就像一个细胞，存在于我们的身体中。我们就是山水间的一个细胞，生命被山水所供养，因此，我们的生命，营养充足。

古人不说"旅行"，只说"行旅"。"行旅"与"旅行"不同，"行旅"不用买门票，不用订酒店，"行旅"是一场"说走就走的旅行"，是在自然中的遨游，是庄子所说的、真正的"逍遥游"。

行旅、渔樵、探幽、听琴、仙隐、觅道，都是生命的一部分。

所以，范宽画的是《溪山行旅图》。要画"溪山旅行"，境界立刻垮掉。"行旅"与"旅行"，见出今人与古人的距离。

黄公望很少画人，像王维所写，"空山不见人，但闻人语响"。他的山水世界，却成全了他的顽皮、任性、自由。他的眼光心态，像孩子般透明。所以董其昌形容，黄公望"九十而貌如童颜"，"盖画中烟云供养也"[25]。

但现在，我们不被山水烟云供养，却被钱供养了。山水被划级、被申遗、被分割、被出售。我们只是在需要时购买。雾霾压城、堵车难行，都提升了风景的价值，拉动了旅游经济。后来我们发现，所谓的风景点，早已垃圾满地，堵车的地方，也转移到景区里。

我们或许还会背张若虚的诗：

江天一色无纤尘，

皎皎空中孤月轮。

江畔何人初见月？

江月何年初照人？

心里，却升起一股揪心的痛。

十

空山无人，水流花开。

那空山里有什么？

有"空"。

第二章

秋云无影树无声

有人问他，为何山水中不画人物？他回

答：『天下无人也。』

一

倪瓒的画，我最喜欢的一幅是台北故宫博物院收藏的《容膝斋图》[图 2-1]。容膝斋，是一位隐居者在河边的斋名，这幅画，应当是为他而画的，但在这幅画中，我们找不到"容膝斋"，因为在倪瓒的山水画中，地点并不重要，他的画不是为考据学家准备的，他是为欣赏者而画的。

倪瓒的山水画，水是主体，而山是陪衬，这一点与黄公望不同。黄公望，无论是台北故宫博物院收藏的《富春山居图》，还是北京故宫博物院收藏的《溪山雨意图》，他的丰富笔法，似乎在描绘岸上景物时更能发挥——江水全部留白，而岸上却是一个丰富而浩大的世界，既有沙洲片片的河岸，也有渐渐高起的山峦，山峦有远有近，层次不同，在山峦的缝隙间，是疏疏密密的山树，不同的树种，参差错落，使整幅画卷充满了透彻的植物气息。

天地清旷，大地呼吸绵长。透过那一片的清寂，我们似乎可以听到山风的声音，裹挟着万籁似有若无的鸣声。这有些像《清明上河图》，弯弯曲曲的江河，为一个迷离喧嚣的岸上世界提供了铺陈的空间，只不过黄公望把张择端笔下的城市街景置换为回环往复的山林而已。与黄公望相比，倪瓒的山水画饱含着氤氲的水汽，因为他把更大的面积留给了江水。江水留白，不着笔墨，与纸的质量相结合，仿佛天光在上面弥散和飘荡，它加大了前景的反差，使那些兀立在岩石上的树几乎成为一道剪影，也使树的表情和姿态更加突出。对岸的山，作为远景，在画的上方，山势并不高峻，而是横向铺展的，舒缓的线条，可以使我们几乎看到它超出画幅之后的发展，诱使我们视线超出画幅的限制，从有限中看到无限。

如果说黄公望的《富春山居图》是全凭肉眼看到的景物，那么倪瓒的《容膝斋图》和《秋亭嘉树图》［图 2-2］则是用"望远镜"观察自然，它们放大了自然的局部，使我们的视线由黄公望的宏观世界转向倪瓒的微观景象，与此同时，焦距的变化也模糊了两岸之间的远近关系，使远近关系看上去更像是上下关系，从而使现实的世界有了一种梦幻感，在技法上，倪瓒"用相同的量感与构造来处理远景与近景，达到黄公望在画论中所说的'远近相映'的完美统一"[1]。大面积的水，使倪瓒的画

[图 2-2]

《秋亭嘉树图》轴，元，倪瓒

北京故宫博物院 藏

面更加简练、平淡、素净，他在一个有限的视域里，描绘世界
的博大无垠。

二

倪瓒的画，甚至简练到了找不见人。他不愿意让人介入到
山水中，干扰那个纯净、和谐、自足的自然世界。这一点也与
黄公望不同，黄公望在画论《写山水诀》中特别强调，"山坡中
可以置屋舍，水中可置小艇，从此有生气"。倪瓒的画，水中不
见小舟，山中亦少见屋舍，《容膝斋图》中有一个草庐，但那草
庐也是空的，草庐中的人去向不明。有人问他，为何山水中不
画人物？他回答："天下无人也。"

在他的心里，人是肮脏的。对于所有肮脏的事物，倪瓒不
仅痛恨，而且恐惧。他有着不可救药的洁癖——倪瓒的洁癖天
下无双，不仅他触碰的器物要擦洗得一尘不染，连自家庭院里
的梧桐树，他都叫人每天反复擦洗，擦洗时还不能损毁台阶上
的青苔，这一技术含量极高的劳动将他家里的佣人折磨得痛苦
不堪。圆明园有一个"碧桐书院"，这一名字的来历，据说就是
乾隆皇帝照搬了倪瓒的这个典故。倪瓒的怪僻，居然成了后世
帝王模仿的范本。明人顾元庆搜辑的《云林遗事》[2] 记载，有
一天，他的一个好朋友来访，夜宿家中。因怕朋友不干净，一

夜之间，他竟起来观察了三四次。夜里忽然听到咳嗽声，次日一早就命人仔细查看有无痰迹。仆人找遍每个角落，也没见到一丝的痰沫，又害怕挨骂，就找了一片树叶，递到他面前，指着上面的一点污迹说痰就在这里。倪瓒立刻把眼睛闭上，捂住鼻子，叫佣人送到三里外丢掉。

有一次，倪瓒与一个名叫赵买儿的名妓共度良宵，他让赵买儿洗澡，赵买儿洗来洗去，他都不满意，结果洗到天亮都没洗完，最终倪瓒只好扬长而去，分文未付。

最绝的是倪瓒的厕所。像倪瓒这样的洁癖，如何如厕确是一道难题，但倪瓒还是创造性地把它解决了——在自家的宅子里，他把厕所打造成一座空中楼阁，用香木搭好格子，下面填土，中间铺上洁白的鹅毛，"凡便下，则鹅毛起覆之，不闻有秽也"。因此，他把自家的厕所称为"香厕"。不愧是伟大的画家，连如厕都充满了画面感和唯美效果。鹅毛在空气中轻盈地浮起，又缓缓地沉落，遮掩了生命中难掩的尴尬。这应该是14世纪最伟大的发明了，直到19世纪，才有清宫太监李连英与之比肩。在小说《血朝廷》中，我曾写到过李连英为慈禧太后解决这一技术难题的过程：他"把宫殿香炉里的香灰搜集起来，在那只恭桶的底部铺了厚厚的一层，然后，又找来一些花瓣，海棠、芍药、鸢尾、风信子、瓜叶菊，撒在上面，使它看上去更像一件艺术品，最后，又从造办处找到许多香木的细末，厚厚地铺在上面……
这样，那些与太后的身份不配的秽物坠落下来，会立即滚入香
木末里，被香木末、花瓣，以及香灰包裹起来。太后出恭的时候，
就不会让侍女们听到难堪的声音，连臭味也被残香屑的味道和
花朵的芳香掩盖了"。[3] 如此献媚术，堪称一绝，但它并非出自
我的虚构，而是真实的历史事实，只是在细节上有些添油加醋。
没有一个历史学家注意到历史人物的排泄问题，但对于具体的
当事者来说，它却是一项无比重要的课题。

倪瓒的洁癖，没有钱当然是万万不能的，一个街头流浪汉，
断不会有如此癖好。在倪瓒的身后，站着一个实力雄厚的家族，
这个家族在无锡家甲一方，赏雄乡里，明人何良俊在《四友斋
丛说》中描述：

> 东吴富家，唯松江曹云西、无锡倪云林、昆山顾玉山，
> 声华文物，可以并称，余不得与其列。[4]

也就是说，东吴的大家族，以这三家为最，与他们相比，
其他家族都不值一提。公元 1328 年，倪瓒的兄长倪昭去世，倪
家的家产传到倪瓒的手里，他就在祗陀建起了一座私家藏书楼，
名叫清閟阁，繁华得耀眼。《明史》对它的描述是："古鼎法书、

名琴奇画，陈列左右。四时卉木，萦绕其外。"[5] 倪瓒自己说："乔木修篁蔚然深秀，如云林一般。"自此开始自称"云林""云林子""云林生"。清閟阁中的收藏，仅书画就包括三国锺繇的《荐季直表》、宋代米芾的《海岳庵图》、董源的《潇湘图》、李成的《茂林远岫图》、荆浩的《秋山图》等，堪称一座小型博物馆，王冕《送杨义甫访云林》中写道，"牙签曜日书充屋，彩笔凌烟画满楼"。曾经登上这座藏书楼的，有黄公望、王蒙、陆静远等名家，其中，黄公望花了十年时间，为倪瓒完成了一幅《江山胜揽图》长卷，足见二人友谊的深厚。

有了这座华丽的藏书楼，倪瓒还不肯罢手，又大兴土木，在附近又先后建起了云林堂、萧闲馆、朱阳馆、雪鹤洞、净名庵、水竹居、逍遥仙亭、海岳翁书画轩等建筑，那些砖砌石垒与雕梁画栋所凸现的巨大体积，张扬着这个俗世所赋予他的欢愉和享受，每天，他都在香炉里氤氲的瑞脑、椒兰香气中，读书会友、品茗弄琴、勘定古籍、临摹作画，那或许是一个文化人的极致享受，它不是堆砌，而是一种彼此渗透和纠结的美，就像他画山水的时候，耳郭里却充满了窗外潇潇的雨声，在梦里，他把风吹纸页的声音当作了鹭鸶扇动翅膀的声音。他的乌托邦够大，装得下他的疯癫，他一身缟素，赤脚披发，像一个白色精灵，在其中飘来荡去，至于这个世界的凶恶与残忍，完全与他的生活无关。

三

就在倪瓒继承家产这一年，元帝国一个名叫朱五四的贫穷农民家里，诞生了一个婴儿，行八，于是父母给他起了一个言简意赅的名字，叫"重八"。在父母的不经意间，这个朱重八就像田地里的杂草一样潦草地长大了，谁也没有想到，正是这个朱重八，打垮了雄踞江南的张士诚，掀翻了元帝国的统治，史书上记下了他的名字：朱元璋。

在改朝换代的剧变中，没有人能够独善其身，超然世外。优雅的清閟阁抵拒不了元朝末年的社会动荡，14 世纪 30 年代淮河地区已经变成了红巾军叛乱的摇篮，它的弥赛亚式的教义吸引了越来越多的遭受痛苦折磨的人们的支持。元至正十三年（公元 1353 年），因无法忍受盐吏欺压，出身盐贩的张士诚与其弟士义、士德、士信及李伯升等十八人率盐丁起兵反元，史称"十八条扁担起义"。二十年后，六十八岁的倪瓒在《拙逸斋诗稿序》中这样回忆这段历史：

> 兵兴三十余年，生民之涂炭，君子之流离困苦，有不可胜言者。循至至正十五年丁酉，高邮张氏乃来据吴，人

心惶惶，日以困悴……[6]

在元末历史上，张士诚指挥的高邮战役被称为一个转折点，经历了这个转折点，强大的元帝国就彻底失了"元"气。胜利后的张士诚自称"吴王"，他的弟弟张士信为"浙江行省丞相"，邀请倪瓒加入他的"朝廷"，倪瓒毫不客气地拒绝了。张士信派人送来金银绢帛，来向倪瓒索画，倪瓒答曰："倪瓒不能为王门画师！"当场撕毁了那些绸缎，金银也如数退回。张士信咽不下这口气，后来他在太湖上泛舟，刚好遇见倪瓒乘坐的小舟，闻到舟中散发出的一股异香，说："此必有异人。"让手下把舟中人抓来一看，竟然是倪瓒，就要当场将他杀死，后来有人求情，才改用鞭刑。倪瓒一声不吭。后来有人问他为什么如此，他答道："出声便俗。"[7]

朱元璋在公元1368年打下江山以后，出台了一项举措，就是把江南富户迁徙到贫困地区，包括他的老家凤阳。对于这一"上山下乡"政策，倪瓒并不积极，从迁徙地苏北逃回无锡家里。对于这种严重违反国家政策的行为，朱元璋决定严厉打击，决不手软。朱元璋对酷刑的偏好众所周知，明朝酷刑，在他的手里达到了巅峰。《大明律令》实际上是一部囊括了诸多刑罚的恐怖菜单：墨面、文身、挑筋、挑膝、剁指、断手、刖足、刷洗、称竿、抽肠、阉割为奴、斩趾枷令、常号枷令、枭首、凌迟、锡蛇游、全家抄没发配远方为奴、族诛，等等。

以剥皮和锡蛇游为例。剥皮的方法是：先把贪官的头砍下来，把人皮剥下来，再在人皮里填草，像稻草人一样竖起来，放在衙门边上公开展览，以达到"惩罚一个，教育一批"的宣传效果；锡蛇游则是把锡烧开，趁着高温，把锡水灌进犯人嘴里，直到灌满为止。

经过长期职业训练，行刑者养成了精确的手法和敏锐的嗅觉，力道和火候都恰如其分，我们今天仍然可以通过明朝顾大武《诏狱惨言》，获知锦衣卫南镇抚司施刑的残酷与变态：

> 是日诸君子各打四十棍，拶、敲一百，夹杠五十……七月初四日比较。六君子从狱中出……一步一忍痛声，甚酸楚……用尺帛抹额，裳上浓血如染……十三日比较……受杖诸君子，股肉俱腐……

这般的残酷，在中国有历史那一天就有了。梁启超先生说："抑中国数千年历史，流血之历史也；其人才，杀人之人才也。历观古今以往之迹，惟乱世乃有英雄，而平世则无英雄"，"汉高明太[8]，皆起无赖，今日盗贼，明日神圣，惟强是崇，他靡所云。以此习俗，以此人心，故历代揭竿草泽之事，不绝于史简……"[9]

朱元璋这个出身赤贫的皇帝，对士大夫阶层怀有不可理喻的报复心理。洪武十八年（公元1385年），"元代四大家"（黄公望、吴镇、倪瓒、王蒙）之一的王蒙，就惨死于酷刑之下，原因是五年前，朱元璋制造了胡惟庸冤案，从而开始了大规模的朝廷清洗行动，冤杀三万多人，大部分是文官，其中不乏开国元勋，而王蒙遭到牵连，仅仅是因为他曾经于洪武十二年（公元1379年）前往宰相胡惟庸的府上欣赏过绘画。

对于倪瓒，他既没有剥皮，也没用锡蛇游，而是采用了一种别开生面的刑罚——粪刑。这一刑罚，是专门针对倪瓒的洁癖设计的，具体方法，就是把倪瓒捆在粪桶上，让他日夜与粪便为伍。

关于倪瓒的死，流传着多种版本。一种说法是倪瓒染上痢疾，狂泻不止，那时的他，早已没有了"香厕"，大便失禁，使他"秽不可近"，最终不治而死；还有一种说法，就是明洪武七年（公元1374年），朱元璋不耐烦了，命人把七十三岁的倪瓒扔进粪坑里，活活淹死了。

国宝级艺术家，就这样被专制者残害，最终毫无尊严地死去。这不是个人的悲剧，这是我们民族之耻。

四

倪瓒的前半生，没有体验过饥饿的痛苦，没有目睹过父子相食的惨剧，但他见证了权力新贵们的贪欲，也意识到了财富的局限。公元 1350 到 1355 年间，他忽然之间散尽了家产，把它们全部赠给了自己的亲友，自己则带着妻子，"扁舟箬笠，往来湖泖间"[10]。据郑秉珊著《倪云林》分析，1355 年以前，倪瓒虽然经常漂流在外，但只是为了躲避兵灾，有时还回到家中；1355 年以后，倪瓒在遭受官吏催租和拘禁的屈辱之后，就彻底弃家出走了。临走之前，他一把大火，把心爱的清閟阁烧得干干净净。[11] 无数的书册画卷，像失去了水分的枯叶，极速地翻卷和收缩着，最终变成一缕缕紫青色的烟雾，风一吹，都不见了。祇陀的人们被这一场景惊呆了，那场大火也成了他们世世代代的谈资，直到今天，还议论不休。

当时"人皆窃笑"，只有他自己知道，时代的血雨腥风，迟早会把自己的乌托邦撕成碎片，洁白无瑕的鹅毛，在沾染了浓重的血腥之后，再也飞不起来，自己的世界，最终将成为一地鸡毛。

阶级斗争的狂澜，把倪瓒这位有产阶级"改造"成一个漂泊无定的流浪者。这个年代，与朱重八浪迹江湖的岁月基本吻合。

流浪让朱重八对饥饿有了刻骨铭心的体验，也目睹了上流社会生活的奢侈豪华，这使朱重八的内心受到了极大的刺激。在安徽凤阳县西南明皇陵前的神道口，有一块《大明皇陵之碑》，朱元璋亲自撰写的碑文，对这段流浪生涯时有深切的回忆：

> ……
>
> 里人缺食，草木为粮。予亦何有，心惊若狂。乃与兄计，如何是常。兄云去此，各度凶荒。兄为我哭，我为兄伤。皇天白日，泣断心肠。兄弟异路，哀恸遥苍。汪氏老母，为我筹量，遣子相送，备醴馨香。空门礼佛，出入僧房。
>
> 居未两月，寺主封仓。众各为计，云水飘扬。我何作为，百无所长。依亲自辱，仰天茫茫。既非可倚，侣影相将。突朝烟而急进，暮投古寺而趋跄。仰穹崖崔嵬而倚碧，听猿啼夜月而凄凉。魂悠悠而觅父母无有，志落魄而倘佯。西见鹤唳，俄淅沥以飞霜。身如蓬逐风而不止，心滚滚乎沸汤，一浮云乎三载，年方二十而强……

那时的朱重八，心底就已"埋下了阶级斗争的种子"。也是在张士诚起义那一年，二十五岁的朱重八投奔了郭子兴领导的红巾军，一步步走上问鼎权力之路。

而倪瓒的路径则刚好相反，当朱元璋、张士诚等奋力向上层社会冲刺的时候，倪瓒则已经一无所有。动荡的火光中，他曾经迷恋的舞榭歌台、翠衫红袖都没了踪影，只有斑驳的树影和晃动的湖水，带给他梦醒后的沉默与枯寂。但他还是感觉到了一种挣脱枷锁后的轻松，至少有一件事物，是永远不会离开他的，那就是他手中的一支画笔。就在张士诚造反、朱重八下滁州投奔郭子兴的那年正月，倪瓒画了一幅《溪山春霁图》，正月十八日，画作完成，他在纸页上平静地赋诗一首：

> 水影山光翠荡磨，
> 春风波上听渔歌。
> 垂垂烟柳笼南岸，
> 好着轻舟一钓蓑。[12]

倪瓒就这样开始了他在太湖的漫游，足迹遍及江阴、宜兴、常州、吴江、湖州、嘉兴、松江一带，以诗画自娱，这段漂泊生涯，给倪瓒带来了他一生绘画的鼎盛时代。太湖的水光山色、落叶飞花、零雨冷雾、蝉声雁影，都让他的内心变得无比空旷和清澈。他依旧活在清閟阁里，这是一座无边无际的清閟阁，收藏着无法丈量的浩瀚图景，山林间的光影变化、那些在雾霭中若隐若现的沉默轮廓，比起繁华楼阁的辉煌灯光更让他着迷。这些美好的景色从他笔下大块大块地氤氲出来，覆盖了他的痛苦与悲伤：

舍北舍南来往少，
自无人觅野夫家。
鸠鸣桑上还催种，
人语烟中始焙茶。
池水云笼芳草气，
井床露净碧桐花。
练衣挂石生幽梦，
睡起行吟到日斜。[13]

闭门积雨生幽草，
叹息樱桃烂漫开。
春浅不知寒食近，
水深唯有白鸥来。
即看垂柳侵矶石，
已有飞花拂酒杯。

今日新晴见山色，

还须拄杖踏苍苔。[14]

　　倪瓒隐居惠山的时候，将核桃仁儿、松子仁儿等粉碎，散入茶中。他给这种茶起了一个名字："清泉白石茶"。宋朝宗室赵行恕来访的时候，倪瓒就用这种茶来款待他，只是赵行恕体会不出此茶的清雅，让倪瓒很看不起，连说："吾以子为王孙，故出此品。乃略不知风味，真俗物也。"[15] 从此与赵行恕断交。

　　他依旧喜欢从身到心的清洁，即使流落江湖，也丝毫未改。友人张伯雨驾舟来访他，他让童子在半途迎候，自己却躲在舟中，半天不出来。张伯雨深知倪瓒性情孤傲，以为倪瓒不愿意出来见他，没想到倪瓒在舟中沐浴更衣，以表示对他的礼遇。

　　在一个中秋之夜，倪瓒与朋友耕云在东轩静坐，那时，"群山相缪，空翠入户。庭桂盛发，清风递香。衡门昼闭，径无来迹。尘喧之念净尽，如在世外。人间纷纷如絮，旷然不与耳目接"。[16] 这样的文字，当世画家断然写不出来，因为他们的画里，有太多烟火和金粉的气息。

五

　　曾任德国东方学学会会长的汉学家雷德侯先生（Lothar
Ledderose）在观察中国古代文化时得出一个有趣的结论，即，
中国人在自己的文化中创造了大量可以复制组合的"模件"，
汉字、青铜器、兵马俑、漆器、瓷器、建筑、印刷和绘画，
都是"模件化"的产物。[17] 早在公元前 5 世纪，中国人就使
用"模件"进行规模化生产了。他说："复制是大自然赖以生
产有机体的方法。没有什么东西能够被凭空创造出来。每一
个个体都稳固地排列在其原型与后继者的无尽的序列之中。
声称以造化为师的中国人，向来不以通过复制进行生产为耻。
他们并不像西方人那样，以绝对的眼光看待原物与复制品之
间的差异。"[18]

　　如果他的学说成立，那么，从倪瓒这一时期的画作中，我
们很容易发现带有他鲜明个人标记的、可以复制的"模件"：
在他画幅的近景，一般是一脉土坡，或者一块岩石，上面挺
立着三五株树木、一两座茅庐，画幅中央留白，那是淼淼的
湖波、明朗的天宇，远景为起伏平缓的山脉，画面静谧恬淡，
境界旷远……《容膝斋图》《渔庄秋霁图》《江岸望山图》《林
亭远岫图》[图2-3] 这些代表作，皆是如此。美国加州大学伯克

[图 2-3]

《林亭远岫图》轴，元，倪瓒

利分校艺术史教授高居翰（James Cahill）将它们称为"万用山水"，那是他心里的理想山水，而并不是特定的实景，他把它们画在宣纸上，等需要转赠时，再随时在上面题款。

这表明倪瓒笔下的山水，具有很强的抽象性。它是真山真水，因为我们可以从他的画上，看到水色天光，嗅到山泽草木的气息，但它又不是真山真水，因为我们并不能凭一张图纸，寻找到山水真正的地址。如果说黄公望的富春山是文人心目中的乌托邦，那么倪瓒作品则是乌托邦里的乌托邦。它是从真山真水里抽象出来的符号，最能表现他心目中的窄与宽、有与无，比黄公望更程式化，也更符合雷德侯先生的"模件说"。

他吸取了黄公望的平淡笔法，让人想到他的心是那么的静，就像山里的烟岚，在无风的时候，就那么静静地停留在山林的上方，一动不动。这也刚好暗合了他的号——"云林"。他"下笔用侧锋淡墨，不带任何神经质的紧张或冲动；笔触柔和敏锐，并不特别抢眼，反而是化入造型之中。墨色的浓淡变化幅度不大，一般都很清淡，只有稀疏横打的'点'，苔点状的树叶，以及沙洲的线条强调较深的墨色。造型单纯自足，清静平和；没有任何景物会干扰观众的意识；也就是倪瓒为观者提供一种美感经验，是类似自己所渴望的经验。……"[19]

了解了倪瓒的生平，我们更能体会到这段山居岁月对他的意义。从前的富家公子，此时已将自己的物质需求压缩到最低，而精神的力量却得到了空前的壮大，让我想起曾在一本书上读到过的话："似乎总是停留在一个地方等待。等待内心的愉悦晴朗和微小幸福，像春日樱花洁白芬芳，自然烂漫，自生自灭，无边无际。等待生活的某些时刻，能刚好站在一棵开花的树枝下，抬起头为它而动容。那个能够让人原地等待的所在，隐秘，不为人知，在某个黑暗洞穴的转折口。"[20] 那是一种彻底的清洁和透明，从身体到精神，都被山风林雨一遍一遍地吹过洗过，早已摆脱了现实利益的拉拢和奴役。雪后蜡梅、雨后荷花，这是别一样的繁华、一场由万物参与的盛会，所有的芬芳、色泽与声器，经由他的指尖，渗透到纸页上，流传了数百年，即使出现在博物馆的展窗里，依然可以让我们的目光都变得丰盈壮大起来。

1372 年，是大明王朝创立的第四个年头，倪瓒已经六十七岁，这一年正月，倪瓒为老友张伯雨的自赞画像和杂诗册题跋，称他"诗文字画，皆本朝道品第一"，"虽获片纸只字，犹为世人宝藏"，感叹这样的大艺术家，在这个喧嚣暴戾的时代，只能销声匿迹，"师友沦没，古道寂寥。今之才士，方高自标致。余方忧古之君子，终陆沉耳"。这是在说张伯雨，也是在说他自己。这一班老朋友，生不逢时，在时代的边缘挣扎，"饮酒赋诗，但自陶而已，岂求传哉"。[21] 七月初五，他就在这样的心境下完成了著名的《容膝斋图》，用那一袭江水和一座空无人迹的草庐表达自己内心和盈满和空旷，就像一个诗人，用最简单的句子，做着最简单的表白。高居翰说，这幅画"显示同样的洁癖，同样离群索居的心态，以及同样渴望平静，我们知道这些是倪瓒性格与行为之中的原动力。此画是一份远离腐败污秽世界的感人告白"[22]。两年后，也就是他去世的那一年，他又在画轴上方题写这样一首诗：

> 屋角春风多杏花，
> 小斋容膝度年华。
> 金梭跃水池鱼戏，
> 彩凤栖林润竹斜。
> 矗矗清淡霏玉屑，
> 萧萧白发岸乌纱。
> 而今不二韩康价，
> 市上悬壶未足夸。[23]

六

倪瓒和朱元璋，呈现出人生取向的两极，朱元璋渴望"均贫富"的平等世界，条件却是要所有人放弃自己的思想，走向奴役之路；而倪瓒则号召人们追求心灵的无拘无束。朱元璋希望将人的思想固化，使他的帝国变成铁板一块，这样才能众志成城，"人多好办事"，为此，他掀起了轰轰烈烈的"学《大诰》运动"；而倪瓒却成了他所厌恶的例外。倪瓒不是政治家，也不是思想家，在将全部家产分给他人以后，他再也不能为"均贫富"做些什么了，只希望在揭竿而起者倾力打造的理想国里，有一个艺术家的容身之地，以安顿他们的"清洁的精神"。当然，他也是一个寻常人，希求着有一个空间，可以呵护自己的妻子，爱自己的孩子。在这个新时代，他可以不要财富，但不能不要艺术。这只是一种卑微的希望，但在朱元璋时代，这样的希望却成了奢望，因为朱元璋从来不认为一个艺术家的自由比江山的稳固更加重要，这是从一个专制者出发的朴素哲学，为了实现这一目标，必须将整个帝国变成铁板一块，用"草格子固沙法"来固化社会，任何自由主义行径都将被严令禁止。他的"知识分子政策"，必然是"宁可错杀一千，也决不放过一个"。"他怕乱，怕社会的自由演进，怕任何一颗社会原子逃离他的控制。……在朱元璋看来，要保证天下千秋万代永远姓朱，最彻底、最稳妥的办法是把帝国删繁就简，由动态变为静态，把帝国的每一个成员都牢牢地、永远地控制起来，让每个人都没有可能乱说乱动。于是，就像传说中的毒蜘蛛，朱元璋盘踞在帝国的中心，放射出无数条又黏又长的蛛丝，把整个帝国缠裹得结结实实。他希望他的蛛丝能缚住帝国的时间之钟，让帝国千秋万代，永远处于停滞状态。然后，他又要在民众的脑髓里注射从历朝思想库中精炼出来的毒汁，使整个中国的神经被麻痹成植物状态，换句话说，就是从根本上扼杀每个人的个性、主动性、创造性，把他们驯化成专门提供粮食的顺民。这样，他及他的子子孙孙，就可以安安心心地享用人民的膏血，即使是最无能的后代，也不至于被推翻。"[24] 自由放诞的倪瓒，就这样与中国历史上最专制帝王之一朱元璋狭路相逢。朱元璋对倪瓒恨之入骨，并非仅仅因为倪瓒对帝国政策持不合作态度，而是因为倪瓒从骨子里就是一个叛逆，是帝国统治网络中的一个漏网之鱼。手无缚鸡之力的文人，风轻云淡之间，就举起了精神的义旗，宣告了社会固化运动的失效。

倪瓒常用的竖轴，虽然与我们视线的方向并不一致，却与阅读的方向相一致，因为古人阅读的都是竖版书，目光也是从上向下运行的。这使倪瓒的作品有了更强的"告白"的性质。它是一份叮嘱、一种诺言，甚至是一种信仰。

七

倪瓒用他的"无人山水"表达了他对体制世界的排斥。在他的画里，我们看到他用"望远镜"观察到的山水，它在视觉上是近的，在距离上是远的，似乎唯有如此，才能让山水停留在它原初的状态中，原封不动，像一页未被污染的白纸，承载着一个自在、天然的，不被制度化的世界。实际上，"自然"一词出现于《老子》和《庄子》中的时候，它的本意是"自己如此"，既不需要人去创造，也不需要人的认定。倪瓒甚至不能容忍自己惊扰那份山水，那种远远的观望，实际上把自己也排除在山水画景之外，因此，那些被他放大的局部，才能波澜不兴，如徐复观先生所说的："山川是未受人间污染，而其形象深远嵯峨，易于引发人的想象力，也易于安放人的想象力的，所以最适合于由庄学而来之灵、之道的移出。于是山水所发现的趣灵、媚道，远较之在具体的人的身上所发现出的神，具有更大的深度广度，使人的精神在此可以得到安息之所。"[25]

中国人的山水精神，是自先秦就有的。孔子说"仁者乐山，智者乐水"；老子和庄子都表达了他们超越现世，"上与造物者游，而下与外死生、无终始者为友"，从而融入"广漠之野"的志向；从《诗经》到《离骚》，中国文学呈现了一个浩瀚多姿的形象世界。但是在魏晋以前的山水世界，体现的是"比"与"兴"的关系，即：

广阔的自然世界，是作为人间世界的象征物出现的，就像《离骚》中的兰、蕙、芷、蘅，对应的是屈原的高洁心灵，如果脱离了主观世界的认可，它们就丧失了自身的意义。所以，在宋代以前的一千年里，有无数风姿生动的身影，映现在古中国的画卷上，其中就有我们熟悉的《洛神赋图》《韩熙载夜宴图》《簪花仕女图》等。在经历了晚唐、五代的过渡之后，这种情况在宋代发生了根本性的改变，传统人物画正式让位给了山水画，人越来越小，面目越来越简略，直到倪瓒的笔下，人已经基本绝迹，只剩下一个深远广阔的山水世界，而这个山水世界，也不再是与人间世界平行、对应的世界，而恢复了老庄为它制定的"自然"的本意——它不依赖人而存在，更不是对人的精神世界的"比"与"兴"，相反，却是人的精神所投靠的目的地。把人画得很小，表明人充其量不过是自然世界里的一条虫、一朵花。倪瓒用他的画笔恢复了自然的权力，在它的权力面前，所有来自人间的权力都不值一提，哪怕是权倾天下的皇帝，最终也不过是山水之间的一抔烂泥而已。

八

倪瓒或许不会想到，自己的绘画成就给他身后带来了巨大的声望，明代画家文徵明说："倪先生人品高轶，其翰札奕奕有

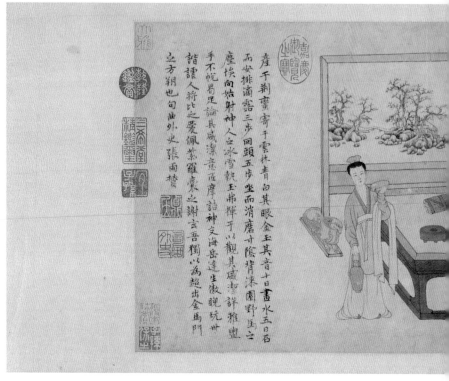

[图 2-4]

《倪瓒像》卷，元，佚名

台北故宫博物院 藏

晋宋风气。"明代书法家董其昌说他"古淡天真，米痴（即米芾）后一人而已"。在唐伯虎、文徵明的时代，是否拥有倪瓒的真迹，几乎成了区分真假雅痞的唯一标准，尤其当"中国社会的性质于 16 世纪末到 17 世纪初即晚明时期出现了深刻的变化"，"商业经济迅速成长所带来的财富增长造就了这一时期涌现大批新的收藏者"[26]。

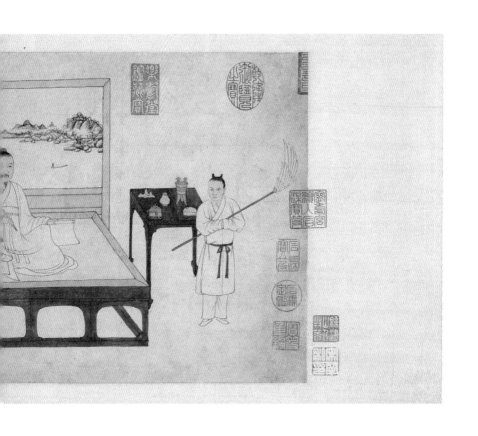

　　正是出于对人间权力的藐视，倪瓒的笔触才会像前面说过的那样平淡，仿佛他心中没有任何波澜。然而，"倪瓒也永远不会想到，他那'平淡''孤寂'的山水风格将成为通行的符号，在与明清绘画及明清绘画批评之中复古潮流的汇合过程中，倪瓒被提升到一个极其崇高、少有古代的画家能与之匹敌的地位"[27]。原因其实很简单，现实越是污秽残酷，倪瓒为人们提供的乌托邦图像就越有价值，"对许多明清画家来说，倪瓒的山水体现了终极的文人价值。他们在书斋里悬挂倪瓒的画作，或是在自己的作品中模仿倪瓒的风格，以此表明他们与这位先辈超越年代鸿沟的精神上的契合。通过这些方式，他们在历史人物倪瓒身上找到了自己"[28]。

更有意思的是，画家倪瓒本人也成了绘画的题材，让画家们跃跃欲试，这无疑凸显了倪瓒的偶像性质。其中最引人注目的，还是现藏台北故宫博物院的元代末期的《倪瓒像》［图 2-4］和现藏上海博物馆的明代仇英《倪瓒像》。那位元代画家为倪瓒画像的时间，大约是 14 世纪 40 年代，那时正是倪瓒的生活开始发生巨变的年代，画中的倪瓒，坐在榻上，手持毛笔，目光空洞地望着前方，或许他正在构思一幅画作，或许他在思考着自己的归所。在他的两旁，分别站立着一个书童和一位侍女，而在他的身后，则是一道画屏，上面映出的，很可能就是倪瓒正在构思的那幅画，因为画屏上出现的近景中的岩树、中景的大面积水面和远景中的山影，完全是倪瓒的模式，找出一副相似的作品易如反掌，比如现藏美国大都会艺术博物馆的《秋林野兴图》［图 2-5］，就几乎与画屏上的图画一模一样，绘画年代也基本吻合，甚至有人认为画屏上的画，就是倪瓒本人画上去的。这幅《倪瓒像》绘于倪瓒隐居太湖之前，那道画屏，因此具有

了强烈的预言性质。一道画屏,使这幅画呈现出两种场所与空间,一个是倪瓒身处的真实世界,一个是倪瓒笔下和心中的山水世界,又把这两个时空整合到同一个画幅里,这使这幅《倪瓒像》呈现出很强的诡异色彩,也"揭示出倪瓒内在的、更为本质的存在"[29]。

仇英的《倪瓒像》可以被视为对元代《倪瓒像》的临摹之作,但也做出若干改动。从收藏印玺上看,元代《倪瓒像》上有"乾隆御赏之宝"等印玺,仇英的《倪瓒像》也钤有"三希堂精鉴玺"等印玺,透露了它们与乾隆的亲密关系。

乾隆珍爱一切与倪瓒有关的事物,而且,他自己也是倪瓒绘画的仿制者。在著名的《快雪时晴帖》上,乾隆留下了大量题签,以表达对王羲之的敬意,使得重新装裱后的《快雪时晴帖》几乎成了乾隆的书法展览。不仅如此,他还在帖前裱了一幅自己的画作[图2-6],一河两岸、一间空亭、一株枯树、一丝幽竹,是典型的倪瓒式绘画,或许,只有这种倪瓒式绘画,能够表达他内心的脱俗清雅。在这幅小画上,他同样密密麻麻地写了不少字,像小学生作业一样一丝不苟。穿越这些字迹,可以找到这幅小画的题记,是这样写的:

　　　　乾隆丙寅新正几暇,因观羲之《快雪时晴帖》,爱此侧理,

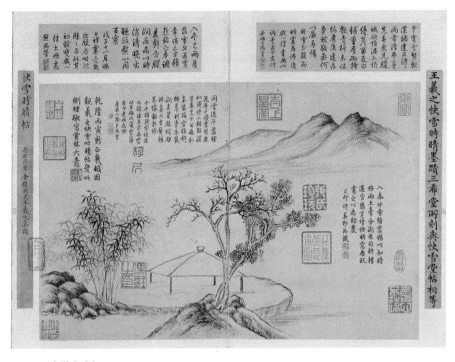

《快雪时晴帖》题跋，清，爱新觉罗·弘历
台北故宫博物院 藏

辄写云林大意。

钤印：乾隆宸翰。

乾隆不仅是绘画爱好者和收藏者，与他的祖父康熙、父亲雍正一样，也是宫廷画师们的创作原型。在北京故宫博物院收藏的清朝宫廷画像中，有一幅乾隆画像，采取了《宋人人物图》的形式，名曰《是一是二图》，在意趣上却与台北故宫博物院的《倪瓒像》遥相呼应。（详见本书第八章《对照记》。）

在《是一是二图》里，当时的皇帝乾隆占据了倪瓒在榻上的位置，只不过坐姿不同而已——乾隆不是坐在榻上，而是坐在榻缘上，双腿下垂，背后的画屏，却依旧是倪瓒的模式，由岩树、江水和远山构成，他身上的服装，也几乎与倪瓒一模一样。时隔三百多年，大清皇帝以这样的方式，向以倪瓒为核心的古代高士们致敬。

大清王朝虽凭借暴力征服天下，但清朝皇帝决心不再扮演朱元璋式的草莽英雄，而是一再强化自己的文化形象。乾隆一生作诗四万一千八百六十三首，几乎比得上一部《全唐诗》；在紫禁城宁寿宫花园的禊赏亭，他们扮演着临流赋诗的东晋名士；乾隆的"三希堂"，更是宫廷里的清閟阁。然而，乾隆对同时代的高士——尤其是"失意文人"，却依旧如秋风扫落叶一样残酷无情。皇帝为自己准备了三山五园、避暑山庄，而士子们的隐逸之路却被无情地封堵了，连参政议政，都战战兢兢。帝王的意志覆盖了帝国的所有空间，没有留下一片真空地带。为了体现帝王对思想管控的绝对权力，康熙、雍正两朝共酿文字狱三十起，涉及名士、官绅者至少二十起。在盛世的背面，血腥蔓延。曾任清代户部侍郎的汪景祺，《西征随笔》被福敏发现，呈送雍正。雍正在首页题字："悖谬狂乱，至于此极。"谕旨将他枭首示众，脑袋被悬挂在菜市口的通衢大道上，一挂就是十年。乾隆上台后，那颗飘零已久的头颅才被择地掩埋，入土为安。

公元 1927 年，时任故宫博物院图书馆副馆长的许宝蘅先生在故宫南三所清点档案时，发现了一个箱子，箱子外面贴着的纸签赫然写着："奉上谕：非至御前不得开看，违者即行正法。"显然，里面存放的定然是"绝密"文件。那时清廷已倒，皇帝去向不明，早已没有了"正法"的可能，出于好奇，许宝蘅先生轻轻打开箱子，发现里面有许多小匣，其中一匣，正是藏着汪景祺的《西征随笔》以及雍正的那份御批。时隔两个多世纪，那些决定生死的文书，居然完好如昨。

青出于蓝而胜于蓝，至乾隆一朝，文字狱规模又有了突飞猛进的"发展"，达到一百三十起，在他六十三年的执政生涯中，创造了长达三十一年的两次"文字狱高峰"[30]，几乎占了他执政生涯的一半。其中一起，是在乾隆三十二年（公元 1767 年），乾隆皇帝下旨将隐居武当山的文人齐周华作为企图谋反的吕留良的余党[31]捉拿归案，凌迟处死，他的儿子、孙子则被处于斩监候，于秋后处决——包括他们在内，这起文字狱共有一百三十人受到迫害。第二年，齐周华在风景如画的杭州城惨遭凌迟。那一天，秋云无影，树叶无声，刑场上只有齐周华的大笑声在回荡。他笑得放肆，笑得剧烈，笑得痛快，直到行刑结束，阴森的笑声也没有停止。刽子手突然感到浑身发麻，当的一声，将刑刀丢在地上，昏了过去。没有人知道他为何而笑——是笑自己隐逸梦想的不合时宜，是笑乾隆皇帝对文人的过分紧张，还是笑这个所谓盛世王朝的外强中干？

第三章

死生契阔，与子成说

这无疑又是一场夜宴、一场只有两个人参加的夜宴。

一

安意如说："邂逅一首好词，如同在春之暮野，邂逅一个人，眼波流转，微笑蔓延，黯然心动。"[1]反过来也是一样，春之暮野的邂逅，必然如邂逅一首好词、一幅好画、一篇上佳的传奇，因为在女子戒律无比严苛的年代，那样的邂逅，只能发生在词中、画中、传奇话本中，而不可能发生在真实的野外。那时代的男人和女人，被名教心防隔得远远的，只有掀开红盖头的一刹，才能彼此看清对方的面孔。只是对于这份既定的命运，文人心有不甘，想在梦里沉溺不醒，就在风清月朗的夜里，把花好月圆的梦咏在词里、画在画里、写在传奇里。换句话说，词与画、传奇与小说的功能之一，就是用来安顿现实中不可能的相遇。明代陶宗仪在《南村辍耕录》中曾经讲述过一个美貌佳丽从画上走下来，与寒夜苦读的公子耳鬓厮磨的故事。单薄的画纸，就这样变成了丰腴的肉身，抚慰着书生的寂寞，只不过她的肌肤像玉石一样冰冷，听不到她的心跳，抱起来也没有重量。后来，他们的私情被公子的父母发现了，眼见公子日渐憔悴，父母冥思苦想，终于想出了一个办法。他们告诉儿子，等美人再从画上下来时，就让她吃些东西。儿子听从了父母的劝告，让美人吃下食物。她的身子立刻变得沉重起来，天亮的时候，再也回不到画上，只好留下来，与公子成为正式夫妻，只是不会说话而已。

　　文学本身就是一种幻术，犹如情爱，带来麻醉和快感。于是，上述故事是否"真实"已经无足轻重了，在每个人的心里，这样的艳遇都是"真实"的。因此巫鸿在论说美术史时提到的"幻觉艺术风格"（illusionism/illusionistic）就变得易于理解了，他说："通过特殊的艺术媒材和手段，画家不仅能够欺骗观者的眼睛，而且可以至少暂时地蒙蔽其头脑，使其相信所看到的就是真实的景象。在文学作品中，能够产生这类幻觉的图像经常成为'幻化'故事的主角，从无生命的图画变为有血有肉的真实人物。"[2]

　　台北故宫博物院藏有一幅明代唐伯虎的作品——《陶谷赠词图》［图 3-1］，让我们目睹了"幻觉艺术风格"的生成过程。它把一场与美人的不期而遇充分地视觉化了，主人公是一位名叫陶谷的北宋官员，地点则是他出使南唐都城江宁（今江苏南京）

时下榻的客栈里。一位名叫秦蒻兰的美丽艺妓的突然出现，令他大喜过望，原本枯寂的夜晚就这样变得抖动、颤栗起来，像一朵骤然开放的花，让他的神思迷离流转。他并不知道，几百年后，一个名叫唐伯虎的明代画家重现了这一幕，唐伯虎用自己的画幅重现了这一历史场景，他是这出戏的导演，也自告奋勇地做了主演——他把陶谷画成了自己，借用着陶谷的躯壳，"穿越"到北宋与南唐的战乱年代，与美丽的秦蒻兰幽会。原本是"历史题材"绘画作品，就这样被赋予了"非现实"的色彩。它同样具有巫鸿所说的"幻觉艺术风格"，只不过他把这一过程反过来了——美女没有从画中走出来，而是他自己走进了画里。作为绘画的《陶谷赠词图》与作为文学的《南村辍耕录》殊途同归——通过这种"幻化"（magictransformation/conjunction）的方式，他们都完成了各自的恋爱。

二

在中国人的记忆里，唐伯虎并不是那类被女人厌弃的落寞书生，也无需在自己的绘画里想用一场不可能实现的艳遇安慰自己；相反，他是一个在情场上春风得意的风流公子，穿白衣，执白扇，儒雅俊秀，月白风清。他的人，他的画，都透着说不出的晶莹和俊秀，适合温柔乡的环境和温度，或者说，只有在温柔之乡，这朵花才开得最为艳丽。

关于唐伯虎的相貌，杨一清在一首诗里咏道：

丰姿楚楚玉同温，

往日青蝇事莫论。

笔底江山新画本，

闲中风月旧时樽。

清时公是年来定，

发解文明海内存。

长听金声爱词赋，

天台未许独称孙。[3]

这首诗写出了唐伯虎的楚楚风姿。但命运并未因为唐伯虎风流倜傥、才华横溢而给他更多的偏爱。

唐伯虎在弘治十一年（公元 1498 年）走进一座古庙的时候，他的确是一个地地道道的"落魄书生"。自弘治三年（公元 1490 年）前后，死亡接二连三地降临在这个殷实之家的头上。先是唐伯虎的爱子夭折，此后，父亲唐德广[4]突然离世。父亲虽然无官无宦，但他一直靠着在阊门内开的一家小酒馆维持着这个家，也维系着少年唐伯虎的学业，他平生最大的愿望，就是他的儿子唐伯虎能够继承他的产业，成为这家小酒馆未来的老板。但唐伯虎对父亲的厚爱无动于衷，很多年后，他在给朋友文徵明的信里，依旧对自己在店里帮父亲打杂、"居身屠酤，鼓刀涤血"的形象很不感冒。他不想当个体户，而是树立了更加远大的理想，那就是好好学习，天天向上，有朝一日，金榜题名。他把他的远大理想落实到行动上，"闭门读书，与世若隔。一声清磬，半盏寒灯，便作阇黎境界，此外更无所求也"，这是他在《答周秋山》里的自况，他死后，祝允明在他的墓志铭里说他一心读书，连门外的街陌都不认识了。他不知与父亲发生过多少次争执，而所有的争执，都使他在父亲去世后平添了一份愧疚。

父亲死后，母亲很快就随之而去了。接下来死去的是他挚爱的妻子。他写了一首《丧内》诗，记录他当时的心情：

　　　凄凄白露草，
　　　百卉谢芬芳。
　　　槿花易衰歇，
　　　桂枝就销亡。
　　　迷徐无往驾，
　　　款款何从将。
　　　晓月丽尘梁，

白日照春阳。

抚景念畴昔,

肝裂魂飘扬。

但悲剧并没有到此为止,新的噩耗接踵而至——他的妹妹,又自杀身亡。他把妹妹单薄的身体轻轻放入棺材后,又写了一篇《祭妹文》,文中说:

尔来多故,营丧办棺,备极艰难,扶携窘厄;既而戎疾稍舒,遂归所天。未几而内艰作,吊赴继来,无所归咎。吾于其死,少且不俶,支臂之痛,何时释也。

那段时间里,唐伯虎成了棺材铺最忠实的客户。这让我想起了余华的小说《活着》,这部小说的主人公福贵,就是在经历了亲人的接连死亡之后仍然坚持着活下来的。在这部书中,余华对死亡的描述无比细致:"家珍像是睡着一样,脸看上去安安静静的,一点都看不出难受来。谁知没一会儿,家珍捏住我的手凉了,我去摸她的手臂,她的手臂是一截一截地凉下去,那时候她的两条腿也凉了,她全身都凉了,只有胸口还有一块地方暖和着,我的手贴在家珍胸口上,胸口的热气像是从手指缝里一点一点漏了出来。她捏住我的手后来一松，就瘫在了我的胳膊上。"[5] 我想，亲人们的手，也是这样从唐伯虎的手里一截一截地凉下去的，或许，唐伯虎已经习惯了这种凉，习惯了面对那一具具没有体温的尸体，那一年，他二十八岁。

唐伯虎与小说中的福贵有着大体相似的命运："年轻时靠着祖上留下的钱风光了一阵子，往后就越来越落魄了。"[6] 他在棺材铺与墓地之间奔波往返，直到办完这一连串的丧事，他才发现，唐家的财产已经被耗费殆尽。他知道了什么叫"家破人亡"，在那个没有了父母、妻子、妹妹的家里，他又坚持住了三年。这三年中，他的家"荒秽日积，门户衰废，柴车索带，遂及褴褛"，他在诗中亦说："夜来欹枕细思量，独卧残灯漏转长"……他成了地地道道的穷困书生，直到弘治十一年（公元 1498 年），他前往南京应试，一举得中解元，即举人第一名，才终于扬眉吐气。那时有人做了一面彩旗，上书"一解一魁无敌手，龙头龙尾尽苏州"，说的是解元唐寅、经魁陆山、锁榜陆钟，都是苏州人，这届乡试，成了苏州人的天下。

命运的突然垂青，让唐伯虎得意忘形了，忘记了生命本身就是一件易碎物，须得好好呵护。他有着丰盛如筵的才华，却终是个命禄微薄的人。这一年岁暮，他和江阴人徐经一起乘舟北上，前往北京参加会试，到北京后，他们纵酒狂歌，招摇过市。

当时的京城，已经弥漫着有人花钱买题的传言，唐伯虎口无遮拦，一再狂言自己必将金榜题名，仿佛不打自招，坐实了市井流言。

这次会试复审的试官，就是曾经收藏过《清明上河图》的礼部尚书兼文渊阁大学士李东阳。尽管没有查明唐伯虎、徐经买题的证据，但在舆论的压力下，仍然将他们除名、下狱。直到一串冰凉的铁链锁住他的双手，唐伯虎还不知道究竟发生了什么。

真实的情况可能是：徐经事先得到试题，并透露给唐伯虎，唐伯虎又无私地透露给朋友都穆，都穆因为嫉妒唐伯虎，故意泄露天机，一日之内，科场舞弊案传遍都城。都穆的"出卖"，或许并没有经过深思熟虑，而仅仅出于一种本能，或许连他都不会想到，他害唐伯虎害得多么的彻底，让他永世不得翻身了。

何良俊在《四友斋丛说》中回忆这段经历时说："六如（即唐伯虎）疏狂，时漏言语，因此罣误，六如竟除籍。六如才情富丽，今吴中有刻行小集，其诗文皆咄咄逼古人。一至失身，遂放荡无检，可惜可惜。"

唐伯虎从此不再原谅这个朋友，与他誓不相见。根据秦酉岩《游石湖纪事》记载，有一次，唐伯虎在友人楼上饮酒，有人带着都穆来见，唐伯虎闻听，脸上立刻变了色，坚决拒绝与他见面。但都穆已经上楼，情急之下，唐伯虎居然纵身从窗子跳了出去，等友人们惊慌失措地跑下楼，唐伯虎早已回到了家里，安然无恙，还对来访的朋友们说："咄咄贼子，欲相逼邪？"

唐伯虎或许永远不会忘记自己被关进锦衣卫黑牢的日子。大明王朝的专政铁拳，把这个清风白袖的文人书生打得满地找牙。那段黑色时光，不见于任何记载，然而明代刑罚之残酷，在历史上独树一帜，对此，本书第二章《秋云无影树无声》已有描述。我想，那座黑狱，既是物理上的，也是心理上的，将唐伯虎紧紧地箍住，让他窒息。但我们或许还应对锦衣卫的打手心存感激，近半年的审讯中，他们没有将唐伯虎施以剁指、断手的刑罚，否则，艺术史上的唐伯虎就不存在了，他的画，也不会出现在故宫博物院收藏里，唐伯虎即使活下去，他的身影也将消隐于引车卖浆者流，就像余华笔下的福贵，在村野山间消失无踪。直到此时，唐伯虎才意识到，那个人去楼空的家，并不是真正恐怖的深渊，只有眼前的黑暗才是。黑暗一层一层地涂抹着他的视野，把他的未来屏蔽掉了。他终于理解了什么叫无常——原来我们说的无常，实际是生命中的正常。他从此相信了佛陀说过的："多修无常，已供诸佛；多修无常，得佛安慰；多修无常，得佛授记；多修无常，得佛加持。"或许就在这个时候，他为自己取了一个别号：六如居士。

"六如"，是依佛经所说："一切有为法，如梦幻泡影，如露亦如电，应作如是观。”

不知唐伯虎是在何时得知自己的新身份——浙藩小吏的，这或许是他此生能够担任的最高级别的行政职务，但他把这视为对自己的羞辱，把委任状撕得粉碎。

当牢头把他推搡出锦衣卫的大门时，已是秋天了。苏州那个遥远的家，突然深深地攫住了他的心。他归心似箭，唯独没有想到，他的第二任妻，眼见丈夫的锦绣前程转眼成了空头支票，便不失时机地向唐伯虎摆出一副鱼死网破的铁面。并非她势利眼，而是他们身处的世界，本身就是一个势利的世界。绝望之余，唐伯虎给挚友文徵明写了一封信，述说了自己的惨状：

> 兹所经由，惨毒万状，眉目改观，愧色满面。衣敝不可伸，履缺不可纳。僮仆据案，夫妻反目，旧有狞狗，当户而噬。反视室中，甋瓯破缺，衣履之外，靡有长物。西风鸣枯，萧然羁客。嗟嗟咄咄，计无所出。将春掇桑椹，秋有橡实，馀者不迨，则寄口浮屠，日愿一餐，盖不谋其夕也。

于是，在经历了亲人亡故、被捕下狱、仕途阻断之后，唐伯虎又被迫离了婚，以一纸休书，维持了自己最后的体面。

这一年，是公元1500年。

这一年，他画了一幅《骑驴归思图》[图3-2]。五百多年后，我在上海博物馆看到了这幅吴湖帆的旧藏，唐伯虎在画上题写的诗句清晰如昨：

> 乞求无得束书归，
> 依旧骑驴向翠微。
> 满面风霜尘土气，
> 山妻相对有牛衣。

"山妻"，就是他刚刚分手的妻子。

而山径上骑驴而归的那个小人，应当就是唐伯虎自己。有艺术史家把画中"那种不稳与不安的气氛，视为是唐寅心境的表现"，高居翰认为："唐寅画中的一景一物都经过了精密的计算，传达出一种骚动不安的感觉。其中的明暗对比更是强烈而唐突，片片浓墨十分有节奏地排列在整个构图之中。"[7]

唐伯虎从此变成了一个人——没有爱情，没有家庭，没有事业，与我们想象中的那个风流才子相去甚远。除了自己的一身皮囊，他什么都没有，就像他自己所说的，"衣履之外，靡有长物"。唐伯虎决定远行，他由苏州出发，先后抵达镇江、扬州、芜湖、九江、庐山、武夷山、九鲤湖……在福建的九鲤湖边，

他像灵异故事里的破落书生一样，栖身在一座庙里，这座庙就是九鲤庙。夜里，这座庙果然赐给他一个梦，只是他没有梦见美人，而是梦见有一万块墨锭从天而降，这似乎预示了他未来水墨事业的辉煌，他把这场梦，视为自己真正生命的开始。

三

美人秦蒻兰大抵就是在这样的情境下来到唐伯虎面前的。

或者说，是唐伯虎主动寻她而去。五个世纪的光阴，隔不住他们的相逢。唐伯虎一无所有，但他仍拥有一支笔，凭借这支笔，他可以去任何想去的地方。

只不过这一次，唐伯虎戴上了陶谷的面具。因为那份艳遇，本来是属于陶谷的。

说到陶谷，我们不得不复习一下五代、北宋的历史。

陶谷出生于公元 903 年，只比韩熙载小一岁，曾在后晋、后汉、后周任职，后来投降了宋朝。明代陶宗仪在《书史会要》中谈到陶谷时说："陶谷，字秀实，邠州新平人，官至户部尚书，赠右仆射，博通经史及诸子佛老，多蓄法书名画，善隶书。"[8]也算是个名儒吧，只不过是个投降派名儒。这时，李煜的南唐政权还试图垂死挣扎，赵匡胤就派陶谷前往南唐，劝说李煜投降。劝降过程中，陶谷根本没有把南唐这个小国放在眼里，言语颇为不逊，南唐君臣心里憋着一口气，却又不便于发作，而替李煜想出这一出美人计整一整陶谷的，正是本书前面提到过的韩熙载。

南唐都城江宁的夜晚，荡漾着香脂的气息，柔媚甜腻。桨声灯影里的秦淮河，让无数的文人把持不住，不是留下艳遇，就是留下香艳性感的文字。而明代钱谦益，既留下了艳遇，又留下了香艳文字："秦淮一曲，烟水竟其风华；桃叶诸姬，梅柳滋其妍翠，此金陵之初盛也……"[9] 从某种意义上说，江宁本身就是一场巨大的艳遇，这样的夜晚，不可能不让陶谷神思飘荡。陶谷就是在这样的夜晚，在客栈"邂逅"了那个名叫秦蒻兰的美人。其实所谓的"邂逅"，不过是韩熙载精心布置的一个圈套。他命秦蒻兰冒充驿卒的女儿，每天手持扫帚，在陶谷门前打扫卫生。陶谷果然中计，他目光沉迷地注视着眼前这位散发着谜一样香气的神秘女子，她那张青春的脸让他不能自已，顷刻之间，白日里的庄严与傲慢荡然无存。

这无疑又是一场夜宴，一场只有两个人参加的夜宴（书童隐在铜炉的背后，只露出一只胳膊和半张脸）。五百多年后，这场夜宴出现在唐伯虎的《陶谷赠词图》中，蜡烛、坐榻、微小的酒具，都烘托出夜晚的迷离气氛。这是他们的情事到来之前的最后瞬间，空气中嗅得出植物花果的香气，听得见彼此镇静而又颤抖

[图 3-4]

《陶谷赠词图》轴（局部），明，唐寅

的呼吸。这不是一个孤立的瞬间，有缘起，有发展，唐伯虎抓住了这个瞬间，画出了男女之间这份若即若离的互相吸引。军国大事已经无足轻重，除了巫山云雨,陶谷[图3-3]的大脑里一片空白，在一片恍惚里，他梦想着匍匐在她的身上，用欲望十足的手摸索，寻找温柔之乡的神秘入口。秦蒻兰[图3-4]就像传奇小说中的女鬼，在深夜不期而至，又将在黎明前消失。她临行前，陶谷写了一首很香艳的词送给她：

好因缘，

恶因缘，

只得邮亭一夜眠。

别神仙，

琵琶拨尽相思调，

知音少。

待得鸾胶续断弦，

是何年? [10]

第二天，陶谷重返李煜的宫殿，政治的庄严气氛，又恢复了他的傲慢与偏见。李煜不动声色，拿起酒杯，站起身来向他敬酒，就在这时，一名歌妓从帷幕的后面款款走出来，陶谷下

意识地盯着她看，心里不由得一惊——她居然就是昨夜的那个
女子，她弹唱的，正是陶谷送她的那首词。他知道自己中了李
煜的美人计，突然间泄了气，知道自己的脸丢大了，当天就匆
匆返回北宋。这件事后来被郑文宝记进了《南唐近事》。

唐伯虎定然是看不起陶谷的。尽管自己比陶谷落魄得多，
但在心高气傲的唐伯虎眼里，陶谷充其量只是一个道貌岸然的
既得利益者，一个古代版的"雷政富"。与他相比，秦蒻兰虽
为艺妓，却比他清雅和高贵。所以，唐伯虎把秦蒻兰安排在整
个画幅的核心位置，身上洁白的衣裙，使她在夜色中格外显眼。
秦蒻兰是真正的烛光，照亮了五百年后一个落魄书生的面庞。
对于这样的"邂逅"，唐伯虎等待多时。在他心里，只有自己才
配得上这样的时刻，陶谷不配，尽管他在官场上如鱼得水，但
至少他的体型就不配，他脑满肠肥假正经，脑袋里是一堆狗屎，
他应该让出他五百年前坐过的那个位置，风流倜傥的唐伯虎刚
好可以填补那个空白。

画完，唐伯虎照例在画上题了四句诗：

> 一宿姻缘逆旅中，
> 短词聊以识泥鸿。
> 当时我作陶承旨，

何必尊前面发红。

四

明朝是一个既压抑沉重，又松弛放纵的朝代。北京和苏州，分别成为这两个方向上的"形式代码"。它们相互对峙，以各自的方言宣扬着自己的哲学。2012 年，北京故宫博物院故宫学研究所在苏州举办《宫廷与江南》国际学术研讨会，在彼此的反差与联动中构建我们对于明朝的认识，这是这个我所供职的研究机构举办的最有趣味的学术会议之一。

一方面，明朝编织着密密实实的统治之网，建立强大的特务机构，将全体人民置于朝廷的监视下。明朝锦衣卫的特务，官名"检校"，他们的铁面酷虐，令人闻之胆寒。黄仁宇在评价朱元璋时代的明朝时说它"看来好像一座大村庄"，但在我看来，他更像一座巨大的监狱，帝国的所有臣民都被困缚起来，置于当权者的监视网下。这恰巧验证了福柯的观点：监狱是对社会结构的一个生动的隐喻，因为它体现了权力的最根本的规训特征。只有在监狱里，纷繁的社会本身才能找到一个焦点，一个醒目的结构图，一个微缩的严酷模型，而个体则是被这个无处不在的监狱之城所笼罩，个体就形成和诞生于这个巨大的监狱所固有的规训权力执着而耐心的改造之中。[11]

　　明朝天启年间有一个著名的例子：四位朋友相聚饮酒，其中一人酒至半酣，大骂魏忠贤，另外三人吓得不敢出声。就在这时，房门被突然撞开，锦衣卫"检校"蜂拥而入，将他们缉拿。骂人者被活剥人皮，另外三人因为没有随声附和、站稳了政治立场而得到了奖励。这座超级监狱，将社会上的每个人都置于极端恐怖的气氛中，这当然要归"功"于它的建立者朱元璋。据《国初事迹》记载，对于他们的工作"成绩"，朱元璋曾经得意扬扬地称道："唯此数人，譬如恶犬，则人怕。"

　　另一方面，明朝又有着动人的情致，商业社会的成熟发展，让朱元璋精心构筑的体制世界彻底松动，坚持"农业是基础"、决心打造一个农业超级大国的朱元璋不会想到，农业秩序的恢复增加了农业的剩余产品，而以军事为目的的交通运输建设，又为商品流通提供了条件，于是出现了卜正民（Timothy Brook）在《纵乐的困惑》一书中描述过的有趣的现象："商人们的货物与政府的税收物资在同一条运河上运输，商业经纪人与国家的驿递人员走的是同样的道路，甚至他们手中拿着同样的路程指南。"[12]

　　于是，唐伯虎这些体制的漏网之鱼，就有了放浪自由的空间，豪言"不炼金丹不坐禅，不为商贾不耕田。闲来写就青山卖，不使人间造孽钱"。我曾在《张择端的春天之旅》（详见《故宫的古物之美 2》）中阐述过唐、宋两代的民间社会，到了明代，中国的民间文化在时间中继续发酵，尽管朱元璋曾经下诏：要求士、农、工、商"四民"都要各守本业，医生和算卦者都要留在本乡，不得远游，严格限制人口流动，有人因祖母急病外出求医，忘了带路引，被常州吕城巡检司查获，送法司论罪；但是，明朝文人、商人与技艺之人的流动，依然给朝廷严密的户口政策以巨大冲击，帝国臣民封闭的生存空间也因此而被放大。在精神方面，郑和下西洋与西方传教士大举来华，同样使一元化的知识和信仰系统发生倾斜。假设没有清兵入关，没有乾隆皇帝怀着对外部世界的陌生感婉言谢绝了马戛尔尼使团的贸易请求，没有清代文字狱对思想解放的极力封锁，17 世纪以后的中国，或许真有可能迎来一场轰轰烈烈的文艺复兴和工业革命——假设历史真的可以"假设"，那么，明清以降的所有中国史都将要推倒重来。

这是一场由士人们策动的"和平演变"，明代士人已不可能像倪瓒那样被专制的机器碾成碎片。这样的时代气氛，使文人们有条件放弃科考八股，转而投向生命的艺术，造雅舍、筑园林、纳姬妾、召妓女，用自己悉心打造的生活空间，容纳自己的世俗梦想。张岱曾把自己的人生目标归纳为："好繁华，好精舍，好养婢，好娈童，好鲜衣，好美食，好骏马，好华灯，好烟火，好梨园，好鼓吹，好古董，好花鸟。"^[13]明式家具简洁灵动的经典造型，就是由张岱这样的士人创造完成的。有论者说："晚明思想界的一大贡献，就在于挣脱了程朱理学灭绝人性的樊篱，大胆地肯定了人情、人性。"^[14]在这一前提下，城市开始取代山林，成为士大夫隐居的场所，因为他们已经不需要像倪瓒那样躲得太远。陈献章说："山林亦朝市，朝市亦山林。"^[15]卢柟说："大隐在朝市，何劳避世喧？"^[16]以上都是明代士人大隐于市的生存宣言。尤其在晚明时代，湖山外的隐居者们，越发年轻起来。写过《西园记》的吴炳，四十岁就厌倦了官场，崇祯四年（公元 1631 年）辞官归隐，在故乡宜兴五桥庄建起一座粲花别墅。两年后，三十一岁的右佥都御史祁彪佳出于同样原因，辞官还乡，开始了自己的园林生涯。"他们向往自由，却拒绝退隐乡村和山林，而是图谋在家园内部盘桓，探求一种象征主义的道路。"^[17]他们沉浸在顾炎所说的"城市山林"中不能自拔，张岱在《陶庵梦忆》中深情地写道："高槐深竹，樾暗千层……余读书其中，扑面临头，受用一绿，幽窗开卷，字俱碧鲜……"^[18]

这一士风，在今日苏州仍有遗存。几乎每年春天，我都要前往苏州，参加那里的画家们举行的"花宴"，就是用各色春花烹制的美食，在园林里，饮诗、赋诗、写字、画画，在月色下聆听一支古曲，或昆曲《牡丹亭》。中秋时节，我们还会把"花宴"搬到太湖的一艘清代古船上，看着巨大的月亮带着橙黄的色泽从幽黑的湖水上升起来。也有时，我一个人坐在画家叶放自造的园子里，看白墙上花窗、廊柱的投影随光线而安静地移动，像观看一场放映中的默片，心里会想起遥远的张岱，曾在深夜里登上杭州城南的龙山，坐在一座城隍庙的山门口，凝望着迷人的雪景，有一名美人，正坐在身边，侍酒吹箫。

每个时代都有它自己的主题。五代是一个礼崩乐坏的时代，孔子所倡导的"乐感文化"早已沦为"八佾舞于庭"的荒靡淫乱，失控的欲望裹挟着人性，向着道德的最低点冲刺。美女们丰腴的舞姿无法掩盖韩熙载内心的空寂，渗透纸背的，不仅是伤国之泪，更是对道德崩溃的彻底绝望；而在明代，理学主张"理一分殊"，强调道德具有如法规似的普遍性，向本能的欲望发出挑战，提出了"存天理，灭人欲"和"饿死事小，失节事大"的响亮口号，天平又摆向另一端，发展成一种极权主义文化，把柔情似水的女性变作一具具没有情感的干尸。李泽厚说："一句'饿死事小，失节事大'的语录，曾使多少妇女有了流不尽的眼泪和苦难。那些至今偶尔还可看到的高耸的石头牌坊——贞节坊、烈女坊，是多少个'孤灯挑尽未能眠'的痛楚情感的凝聚物。而一顶'名教罪人'的帽子，又压死了多少有志于进步或改革的男子汉。戴东原、谭嗣同满怀悲愤的控诉，清楚地说明了宋明理学给中国社会和中国人民带来的历史性的损伤。"[19]

更大的荒谬在于，这些仁义道德的倡导者，自己却蝇营狗苟，男盗女娼。所有的清规戒律都是针对平民百姓的，权力者自身却不受到限制。于是，这些清规戒律非但不能对欲望进行有效的管束，相反更加突显了当权者的权力特区。韩熙载和陶谷都是权力者，两性关系对于他们而言，不过是政治权力的延伸而已，因此，在他们的两性关系中，支付的只是权力成本，而无须交付真实情感——两性关系只能验证他们的占有能力，而无法测量他们的情感深度。与我在《韩熙载，最后的晚餐》（详见《故宫的古物之美 2》）中所描述的五代的繁华逸乐相比，宋明两代的状况没有丝毫的改善，连叫喊着"革尽人欲，尽复天理"[20]的朱熹都不能免俗，据他的同僚叶绍翁揭发，朱熹不仅曾"诱引尼姑二人以为宠妾，每之官则与之偕行"，而且使"冢妇不夫而自孕"[21]，玩儿得比唐伯虎还要过火，在"天理"面前，他的"人欲"势不可挡，以至于面对老友叶绍翁的揭发，朱熹供认不讳，向皇帝谢罪说："臣乃草茅贱士，章句腐儒，唯知伪学之传，岂识明时之用。"[22] 这份自知之明，比起陶谷的道貌岸然要可爱得多，也使朱熹那张义正词严的标准像有了几分生动的情致。

与韩熙载和陶谷这些权力者相比，皇帝的无耻更加登峰造极，明代紫禁城鳞次栉比的后宫建筑就是对权力者性特权最视觉化的注解，前朝（三大殿）是帝王们布道的庙堂，而后宫则是他们寻欢的乐园。关于美女与后花园之间的关系，朱大可曾有如下阐释："为了搜集与陈放美女，诸侯们开始大规模建造花园。他们懂得，只有花园才能幽囚女人的躯体，并从那里打开性狂欢的道路。尽管花园属于女人，但女人却属于国王及其家族。在花园的深处，女人像鲜花那样盛放和凋谢，与花园的土地融为一体。她们的生死，揭示了王国盛衰起伏的节律。"[23]

朱大可还说："美女不仅是细腰的性奴，也是镶嵌在权杖上的宝石。"[24] 然而，大量积压的宝石，却让拥有者感受到生命中不能承受之重——汉儒成康甚至为天子设计了在半个月内同一百多个女人睡觉的程序表，假如没有公休日，那么天子则平均每天要御女八人次，堪称后宫的劳动模范。即使到了明代，这种重体力劳动仍然让许多帝王乐此不疲，明武宗听一位名叫于永的锦衣卫官员进言说，"回回女皙润而媱粲"，于是一次征集十二名西域美女，在豹房里寻欢作乐，歌舞达旦。无论多么强悍的皇帝，都难以承担如此艰辛的体力活，许多皇帝过劳而死。对此，魏了翁的评价是："虽金石之躯，不足支也！"[25] 权力消解了权力，这是权力的悖论，也是权力者的宿命。

与此相对应，在这些普遍戒律的威慑下，又形成大面积的性饥饿。在私有化时代，性的权力不可能是均等的。对此，蒲松龄在《青梅》的结尾做出过如下总结："天生佳丽，固将以报名贤；而世俗之王公，乃留以赠纨绔。此造物所必争也。"[26]因此，蒲松龄才在《聊斋志异》里说："倘得佳人，鬼且不惧，而况于狐。""若得丽人，狐亦自佳。"[27]这是底层文人在双重饥饿之下产生的幻觉。那些仕进无途的生员，志存高远，却在现实中难有立足之地。根据史料记载，一介生员，一年所得廪膳银只有十八两，维持生活，实在是捉襟见肘，"学宫败敝，生员无肄业之外，兼之家贫，家中无专门的书斋一类清静之所供读书，一些穷秀才就只好改而在僧舍、神阁、社学寄食肄业"。[28]杨继盛曾经在自述中对他在考取生员后在社学读书的场所有这样的描述："所居房三间，前后无门，又乏炭柴、炕席，尝起卧冰霜，而寒苦极矣。"[29]这就是书生的"艳遇"通常发生在古庙寒舍的原因。爱情本来很难，那个时代使它更难。也只有凭借文学和艺术这样的幻术，他们才能实现内心深处的梦想。

五

《陶谷赠词图》颠倒了艺妓与权贵的空间关系，唐伯虎把秦蒻兰放在画幅的核心，使她成为那个空间的真正主宰者，而不是相反。

袁枚说："伪名儒，不如真名妓。"这句话里包含着两层含义：一是对所谓名儒的轻蔑，二是对妓女的尊重。袁枚比唐伯虎晚出生二百四十六年，倘若他们相遇，一定引为知己。

卖身者为娼，卖艺者为妓。中国历史上的名妓通常不会与嫖客肉身相搏，竹肉丹青，红牙檀板，舞衫歌扇，尽态极妍，我们绝不可以今日的三陪女郎推想昔日的风流余韵。南齐时钱塘第一名妓苏小小，"檀板轻敲，唱彻《黄金缕》"，这份优雅，被曹聚仁先生认作茶花女式的唯美主义者；她"生在西泠，死在西泠，葬在西泠，不负一生爱好山水"，这份飘逸，更"成为中国文人心头一副秘藏的圣符"。对明代名妓董小宛，余怀《板桥杂记》有这样精致的描述："天资巧慧，容貌娟艳。七八岁时，阿母教以书翰了了。少长，顾影自怜，针神曲圣，食谱茶经，莫不精晓……慕吴门山水，徙居半塘，小筑河滨，竹篱茅舍。经其户者，则时闻咏诗声或鼓琴声。"

在许多朝代，艺妓几乎成了一种文化现象。卜正民说："它将妓女的纯粹性关系重新塑造成一种文化关系。"[30] 苏州友人王稼句在《花船》一文中写道："苏州妓女久享盛名，她们大都工于一艺，或琵琶，或鼓板，或昆曲，或小调，间也有能诗善画的，抚琴弹横的，壶边日月，醉中天地，真是狎客们的快乐时光。"[31] 在崇尚"女子无才便是德"的社会里，她们的洒脱风雅、飘逸自如，就具有精神上的反抗意义，这与那些怀才不遇、忠诚无所投靠的民间士人的内心是吻合的，她们不仅是他们生命中的伴侣，也构成了文化上的"他者"，透过她们，文人们可以更清晰地看到自己的影像。

至于他们之间的感情能有多少爱情的成分，陶慕宁先生以唐代传奇中的《李娃传》和《霍小玉传》为例分析道："贵戚豪族为了声色之好不惜一掷千金，青楼名妓则借此享受贵族的生活方式。正因为这种经济上的依附关系，决定了妓女不能有真正的爱情，只要嫖客的囊中金尽，妓女就应该与之了断，别抱琵琶。但这种朝秦暮楚的生活显然又是违背人性的，特别是对于霍小玉、李娃这样天真未泯、青春韶华的妓女。于是她们双双坠入爱河。受当时社会风气的影响，她们看中的又都是倜傥风流的青年士人……霍小玉当然不愧是中国文学史女性人物画廊中极有光彩的形象之一。她的美，在于纯情与执着。她的出身、容貌与修养，都决定了她不会甘心于送往迎来的风月生涯，而必然要从士林中物色一位才子以托终身。"[32] 许多艺妓，血脉里流淌的都是文人的梦魂，她们渴盼着通过一夕的相拥而眠，换来终生的厮守。

国破家亡的年代，对爱的忠贞又成为对国家忠诚的隐喻，殉情与殉国一样受到尊敬。比如艳惊两朝帝王的花蕊夫人，丈夫孟昶是五代时后蜀国的君主。她貌美且有诗才，曾作"宫词"百首。她诗名大，胆色亦大。公元 965 年宋军灭蜀，她丈夫投降，被封为秦国公。宋太祖既垂涎于她的美色，又仰慕她的宫词，召她入宫，欲纳之为妃。她写诗答道：

> 君王城上竖降旗，
> 妾在深宫那得知。
> 十四万人齐解甲，
> 更无一个是男儿！

赵匡胤迷恋她的美色而不能自拔，他的弟弟赵光义担心因此误国，就借口她写反诗，把她杀死了。从此，在中国民间，多了一个美丽的女神——"芙蓉花神"。

这样的故事，在历代名妓的身上一遍遍地重演过。中国古代十大名妓——苏小小、薛涛、李师师、梁红玉、陈圆圆、柳如是、董小宛、李香君、赛金花、小凤仙，许多在重大历史节点上表现出超越男人的胆气。北宋名妓李师师，号为"飞将军"，汴京被攻破之后，她不愿侍候金主，也没有像宋徽宗那样苟且偷生，而是抓起一支金簪刺向自己娇嫩的喉咙，自杀未遂，又折断金簪吞下。清人黄廷鉴《琳琅秘室丛书》称赞她"饶有烈丈夫概，亦不幸陷身倡贱，不得与坠崖断臂之俦，争辉彤史也"。梁红玉是抗金女英雄，她曾经的身份，却是京口营妓。陈圆圆、柳如是、董小宛、李香君在明朝覆亡的背景下表现出的气节，被反复言说过，需要一提的，却是清末赛金花，因为民国以来，赛金花被娱乐化了。庚子之变中，皇亲国戚逃得飞快，留下一座不设防的首都给八国联军屠戮，唯有赛金花一人走向血腥的刀刃，告诉那些正在杀人的德国士兵：我是你们德国皇帝威廉二世和皇后维多利亚的好朋友，还拿出了她当年同德国皇帝和皇后的合影给他们看，德国士兵认出了他们的皇帝和皇后，立即举手行礼，并听从赛金花的劝告。赛金花以当年大清帝国驻德公使夫人的身份求见八国联军总司令瓦德西，劝说他下令停止在北京的野蛮行为，整肃军纪。此时，帝国的"外交部门"早已瘫痪，整个国家"更无一个是男儿"，唯有一名妓女，填补了神圣的政治空间，与侵略者进行着"严正交涉"。帝国的官员们失语了，只有妓女在说话，这是何等的讽刺？有人把政治家比喻成妓女，以赛金花的经历看，这是对妓女的污蔑。至少在这个历史节点上，政治家的表现远远比不上妓女。这些帝国大员，吹牛比谁都利落，在危险面前却跑得比兔子还快。然而，这样的"越制"，还是成了赛金花的"小辫子"，被慈禧太后紧紧地攥在手里，一俟太后回銮，就下令将赛金花关进刑部黑牢，而那些被她所拯救的人们，也因嫌弃她"吃官司"的"秽气"而不再上门，唯有她与瓦德西的"八卦"广为流传。国家丧乱，已不是军事的失败，而是道德人心的不可救药，死到临头了，还没有人知道是怎么死的。关于那些广为流传的"八卦"，北京大学教授刘半农和他的学生商鸿逵在《赛金花本事》的序言中写道："瓦到北京，年已六十八岁，那么，她在欧洲时，瓦已半百之翁矣！一个十六七岁的少妇，会迷恋上一五十开外的异族老头儿，岂不笑话！"[33]刘半农说："中国有两个'宝贝'，慈禧与赛金花，一个在朝，一个在野；一个卖国，一个卖身；一个可恨，一个可怜。"胡适感叹："北大教授，为妓女写传还史无前例。"

当年"夜泊秦淮"的唐代诗人杜牧不会想到，国破家亡之际，"不知亡国恨"的"商女"，也出了许多壮烈之士，成为真正的脂粉英雄。我从叶兆言的书里读到过这样的话："艳绝风尘，侠骨芳心，虽然是妓，却比男子汉大丈夫更爱国。人们不愿意忘掉这些倾国倾城的名妓，在诗文中一再提到，温旧梦，寄遐思，借历史的伤疤，抒发自己心头的忧恨。"[34]很多年前，我曾经在一篇文章中提到薛涛，有人嘲笑我有"妓女崇拜"，但是我想，无论是一心向上爬的官僚权贵，还是当下那些待价而沽的美貌佳丽，不过是在以一种体面的方式出卖自己——卖朋友、卖人格、卖肉体，将一切能卖的东西全部废物利用，明码标价。他们心里没有丝毫的神圣感，没有对价值的坚守，因为他们心里，利益是唯一的价值，正如在唐伯虎笔下，陶谷不过是一个政治上的卖身者，空有一副上流社会的皮囊，不过是个闻香下马、摸黑上床的货色，与秦蒻兰相比，根本谈不上任何高贵。

六

美梦如蝶，翩然而落。

不知他在梦蝶，还是蝶在梦他。

也不知何时睡去，何时醒来。

唐伯虎沉浸在梦中。夜风夹带着芝兰的气息，吹动着他的头发，也让他的梦，生出许多皱褶，像被单，像流云，像水浪，残留着挣扎的痕迹，像命运一样反反复复，无法度量，无法证明，无法留存。

唐伯虎不愿做"春如旧、人空瘦"的陆游，他流连于风月楼台、灯炧酒阑、尊罍丝管，"浪游淮扬，极声伎之乐"。[35]《明史》说他"初尚才情，晚年颓然自放，谓后人知我不在此，论者伤之"[36]。这论者，当然包括他一生中最好的朋友文徵明。文徵明不像唐伯虎那样具有"浪漫主义人格"，不喜欢唐伯虎的纵情恣肆，不喜欢他的破罐子破摔。他多次写信规劝。但唐伯虎这个性情中人、性中情人不会听从他的教诲，两人差点因此而翻脸。

成化二十一年（公元 1485 年），十六岁的唐伯虎在苏州府学参加生员考试，以第一名的优异成绩考中秀才，他们在那一年相识，后来又结识了祝允明、都穆、张灵这些朋友。每当唐伯虎陷入困境，一筹莫展，文徵明都会伸出援手。《文徵明集》收集的有关唐伯虎的四十件诗文作品中，有三十二件是题在唐伯虎画上的诗或者跋，堪称两位大师的诗、书、画合璧之作。北京故宫博物院收藏的唐伯虎画作中，有一幅《毅庵图》[图 3-5]，卷首"毅庵"二字就是文徵明题，有文徵明题字的还有很多，如《清樾金窝图》等。他们的关系，堪称"同志加兄弟"。《散花庵丛语》记载，有一次唐伯虎要跟好友文徵明开玩笑，约他同游饮石湖，事先找好几名妓女，在船里守株待兔，待酒至半酣时，妓女们突然间原形毕露，让文徵明大惊失色，狼狈逃窜，妓女们娇声浪语，围追堵截，把文徵明吓得大呼小叫，差点掉到水里，情急之下，找了一只舴艋舟，才落荒而逃。

安妮·克莱普说：文徵明这个名字"在中国历史上代表了一种集文人、官僚、诗人、艺术家于一身的传统儒家的理想典型，一个在人品和事业上都无可挑剔的人"。[37] 他二十三岁时娶妻，一生没有纳妾，也从未寻花问柳，他是真正意义上的正人君子，不是伪道学。对此，唐伯虎还是深怀敬意的，他在《又与文徵明书》

中这样写道：

> （徵明）遇贵介也，饮酒也，声色也，花鸟也，泊乎其无心，
> 而有断在其中，虽万变于前，而有不可动者。[38]

　　文徵明有着唐伯虎所缺少的圆润与通达，唐伯虎和朋友张灵在池塘里打水仗，显然不是正襟危坐的那号人，确有几分周星驰式的"无厘头"。性格即命运，两人的道路，也因此而判若云泥——文徵明踏上了光荣的仕途，而唐伯虎只能在市井间厮混，在贫困线上挣扎。中国历史上不缺文徵明这样端庄稳重的人，却缺少像唐伯虎这样好玩儿的人，有人说后来曹雪芹写《红楼梦》，那个"行为偏僻性乖张，那管世人诽谤"的贾宝玉身上就

[图 3-5]

《毅庵图》卷，明，唐寅

北京故宫博物院 藏

有唐伯虎的影子。当然，文徵明笃信崇高，坚守儒家价值，为官刚直，连严嵩都不放在眼里（腐败的大明王朝，确乎成就了一些像文徵明这样的道德完美主义者），这种生命的庄严感，即使一心"躲避崇高"的唐伯虎也并不否定。唐伯虎式的叛逆需要勇气，文徵明式的坚守亦难能可贵，他们的友情，刚好成为不同文化价值彼此制衡、补充、互动的最生动的隐喻。正是这种相互间的制衡与吸引，使唐伯虎的纵欲成为一种有节制的抵抗，而没有像其后的李贽那样走向新的极端，在狂禅思想的影响下一味放纵自然情欲，使人性的苏醒走向了情欲泛滥的不归之途。相反，在许多诗中，唐伯虎甚至流露了自己对文徵明式的济世立功的渴望：

侠客重功名，

西北请专征。

惯战弓刀捷，

酬知性命轻。

孟公好惊座，

郭解始横行。

相将李都尉，

一夜出平城。[39]

　　但唐伯虎毕竟是唐伯虎，像贾宝玉，一心在女儿国里流连忘返，把别人的评说抛在脑后。我想起李贽曾说："夫天生一人，自有一人之用，不待取给于孔子而后足也。若必待取给于孔子，则千古以前无孔子，终不得为人乎？"[40] 意思是说，每个人都有属于他自己的命运，没有必要以孔子或者其他什么子的语录作茧自缚，否则，假如千古以前没有孔子，难道我们就不是人了吗？这份开朗旷达，有如清代汪景祺说过的一句名言："知我罪我，听之而已。"[41]

　　七

　　唐伯虎与秋香的故事，明代嘉靖或万历年间嘉兴人项元汴的笔记《蕉窗杂录》中就有记载，后来，《泾林杂记》一书关于唐伯虎与秋香的故事更为详细，基本上形成了"三笑"的故事雏形。最有影响的，当还是明朝末年，冯梦龙《警世通言》中的小说《唐解元一笑姻缘》，将唐伯虎与秋香的姻缘写得如梦如幻，千回百转。此外，明末还有孟称舜写的《花前一笑》，卓人月写的《花舫缘》等杂剧，用舞台演出的形式，使这一故事更加普及。实际上，据《茶余客话》和《耳谈》等笔记记载，明代历史上的确有件为一个婢女而卖身为奴的事，但这是一个名叫陈立超的书生，好事者把它附会到唐伯虎名下。

关于秋香，史家也考出了她的来历——她是明朝成化年间南京妓女，叫林奴儿，又名金兰，秋香则是她的号。秋香生于明景泰元年（公元 1450 年），比唐伯虎足足大二十岁。她出身官宦人家，自幼聪明伶俐，熟读诗书，酷爱书画。可惜未到及笄之年，父母就不幸双亡，她由伯父领养。几年之后，伯父见秋香已长成姿色娇艳的窈窕淑女，便带她到南都金陵，秋香因生活所迫，只得在声色场中做官妓。美貌聪慧，冠艳一时。后来，她又从史廷直、王元父、沈周（唐伯虎的老师）学过绘画，笔墨清润淡雅。明代《画史》评价她："秋香学画于史廷直，王元父二人，笔最清润。"后来，秋香脱籍从良，有老相好想和她再叙旧情，她画柳于扇，题诗婉拒。诗是这样写的：

昔日章台舞细腰，

任君攀折嫩枝条。

如今写入丹青里，

不许东风再动摇。

也就是说，唐伯虎与秋香的"姻缘"，纯粹是由文人小说家"撮合"成的，或者说，唐伯虎在《陶谷赠词图》中营造的自己与秦蒻兰的不可能的艳遇，在话本小说中变成可能。这是来自后人的善意。唐伯虎的情梦，在他死后不仅没有失散，反而被逐步培育、放大。他们故意让唐伯虎闯进朱门豪宅，让他和达官贵人插科打诨；故意让唐伯虎与自己心爱的女人结为连理。实际上，那些都是他们自己的梦，而唐伯虎，不过是他们梦里的道具而已。

他们借用了唐伯虎的身躯，走进美人袅娜的图画。

八

弘治十六年（公元 1503 年），现实中的唐伯虎在桃花坞买了一块地，到正德二年（公元 1507 年），造好了自己的隐居之所——桃花庵。那里据说曾经是北宋绍圣年间章楶的别墅，早已荒芜，只有池沼的遗迹。唐伯虎买的，只是废园的一角，位置在今天的苏州廖家巷。《六如居士外集》记载，每见花落，唐伯虎都会把花瓣一一捡拾起来，用锦囊装好，在药栏东畔埋葬，还写了那首著名的《落花诗》，诗曰：

> 花落花开总属春，
> 开时休羡落休嗔。
> 好知青草骷髅冢，
> 就是红楼掩面人。
> ……

沈九娘应当就是在这一时期来到唐伯虎身边的。关于沈九娘，能够找到的史料不多，据说她是苏州名妓。明代文人以狎妓为时尚，但娶名妓为妻，却足见唐伯虎的胆识。他不仅爱上艺妓，而且爱出了天长地久。这份爱，比当年穷死的柳永被妓女们集资安葬、年年凭吊更加荡气回肠。一位当代才女说："爱一个人，倘若没有求的勇气，就像没有翅膀不能飞越沧海。"[42]唐伯虎并非只是沉醉于在《陶谷赠词图》里的那场虚构的旅行，他希望在深夜里抓住那缕从远处飘来的梦。

艺术的路，归根结底是回家的路。青春年代的所有冲动，包括抵抗、拒绝、挑战、纵情在内，迟早会使人疲倦，一个人最终需要的，只是一个温暖的怀抱，可以让人忘记风雨、坎坷、恓惶，让人安心地老去。他画山水，始终不忘画一爿可以栖居的屋舍，那是一介书生与现实对峙的心理空间——北京故宫博物院藏《山水》卷、《钱塘景物》轴、《风木图》卷、《事茗图》卷、《毅庵图》卷、《幽人燕坐图》轴、《贞寿堂图》卷、《双监行窝图》卷等，概莫能外。

他画女人，则是美艳中带着孤独，比如《孟蜀宫妓图》轴［图 3-6］，虽然花团锦簇，却个个弱不禁风，著名的《秋风纨扇图》轴［图 3-7］，那位手执纨扇、伫立在秋风里的美人，高高挽起的发髻，乌黑如缎，亭亭玉立的身姿，轻轻飘拂的裙带，勾勒出一种孤绝的美，唯有眼神里挥之不去的荒凉与忧伤告诉我们，她同样等待着爱情的抚慰。只有爱情，能够对抗空间的广漠和岁月的无常。

"死生契阔，与子成说。执子之手，与子偕老。"[43] 这是《诗经》里发出的古老声音，意思是："生死离合，都是我们无法控制的力量，然而，我们永远在一起，一生一世永不分别，却是我们早已约定的诺言，我会紧紧握住你的手，与你一道走完今生的路程。"唐伯虎和沈九娘在黑暗中摸索到了对方的手，手的温度告诉他们，这一次不是幻觉。情薄如纸的世界里，他们的手一旦握在一起，就再也不想松开了。他只想在这桃花坞里画青山美人，做天地学问，终了此身。我们可以从张

[图 3-6]

《孟蜀宫妓图》轴，明，唐寅

北京故宫博物院 藏

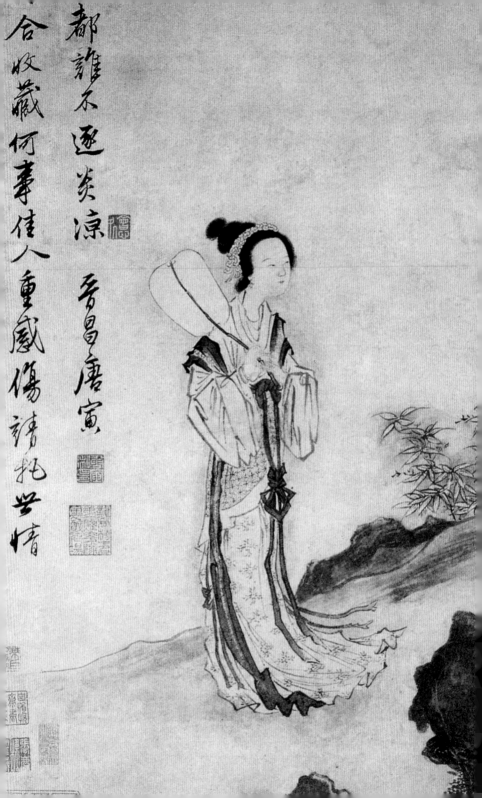

[图 3-7]
《秋风纨扇图》轴（局部），明，唐寅
上海博物馆 藏

第三章　死生契阔，与子成说　**133**

明弼对冒辟疆与董小宛婚姻生活的描述，体会到唐伯虎与沈
九娘的彼此投契：

> 与辟疆日坐画苑书圍中，抚桐瑟、赏茗香，评品人物
> 山水，鉴别金石鼎彝，闲吟得句与采辑诗史，必捧砚席为
> 书之。意所欲得与意所未及，必控弦追箭以赴之，……相
> 得之乐，两人恒云天壤间未之有也。[44]

公元 2013 年北京保利春季拍卖，唐伯虎作于公元 1508 年
的一幅《松崖别业图》手卷以 7130 万元人民币的价格拍出，刷
新了唐伯虎作品拍卖的世界纪录；同时，他的金笺扇面画作《江
亭谈古图》也以 1150 万元成交，打破了他扇画作品的世界纪录。
假如唐伯虎活在当代，定会进入福布斯排行榜。但唐伯虎一生
也没过过几天富足的日子。不知是他的同时代人不识货，还是
今天的藏家"太识货"。他生活困顿，画卖得并不好。正德十三
年（公元 1518 年），唐伯虎四十九岁时曾作诗自嘲：

> 青衫白发老痴顽，
> 笔砚生涯苦食艰。
> 湖上水田人不要，

谁来买我画中山。

但沈九娘始终不离不弃，家里有时连柴米钱也无着落，一家人的生活就全靠九娘艰苦维持。两个在浮华里浸泡过的人，丢去了光环，在平凡的世界里真实地生活，相濡以沫。唐伯虎终于摒弃了无法确定的归属感，找到了自己可靠的归宿。何良俊在《四友斋丛说》中记载，唐伯虎晚年，住在吴趋坊，经常独坐在临街的一幢小楼上，在经历了无数次的断肠之痛后，心里早已是一片风轻云淡；假如有人找他求画，则一定要带上一壶酒，他会擎着酒壶，畅饮一整天。醉眼看沈九娘，美人迟暮的老妻在他眼里依然貌美如昔，带着本性里的纯情与执着，盛开如花。

第四章

一个家族的血缘密码

真正的逍遥游，是在梦里。

"长夜难明赤县天。"

马尔克斯曾在《百年孤独》里描述过不眠症的可怕，《浮生六记》则说：

> 邺侯之隐于白云乡，刘（伶）、阮（籍）、陶（渊明）、李（白）之隐于醉乡，司马长卿以温柔乡隐，希夷先生以睡乡隐，殆有所托而逃焉者也。余谓白云乡，则近于渺茫，醉乡、温柔乡，抑非所以却病而延年，而睡乡为胜矣。[1]

大意是：李泌（唐朝中期著名政治家）隐于衡山的白云之乡，刘伶、阮籍、陶渊明、李白隐于醉乡，司马相如隐于温柔之乡，陈抟隐于睡乡，都是以此避世而已。在我看来，白云乡渺不可及，醉乡、温柔乡对身体不好，唯有睡乡，最是靠谱。

　　道家推崇的陈抟老祖，据说创造了睡觉的最长纪录，即一百多天沉睡不醒。他活了一百一十八岁，看来长寿的秘诀，就是多睡觉。

　　《浮生六记》里的后两记是伪作，沈复原作中的后两记早已遗失，但纵是伪作，"六记"中的《养生记道》，也比今人写得好。

　　只是这睡乡之隐，不是想办就办得到的。

　　二

　　就看画册吧，一眼看见明代皇帝朱瞻基《武侯高卧图》[图 4-1]。此画被认为是皇帝求贤的画，画上武侯，当然是诸葛亮，只是这诸葛亮，不是羽扇纶巾的光辉形象，而是头枕书匣，亮着大

[图 4-1]

《武侯高卧图》卷，明，朱瞻基

北京故宫博物院 藏

肚腩，仰面躺在竹丛之下，与竹林七贤，或者苏东坡，却有几分相似。画上落款：

　　宣德戊申御笔戏写，赐平江伯陈瑄

　　宣德戊申，是宣德三年（公元 1428 年），平江伯陈瑄，是明朝著名的武将、水利专家，洪武、建文、永乐、洪熙、宣德五朝重臣。通常的说法是："当时陈瑄已六十有余，宣宗赐画给他的目的是激励他效法前贤，为国鞠躬尽瘁。"

　　我来较个真吧：

　　一、靖难之役时，陈瑄曾率舟师归附朱棣，使得燕军顺利

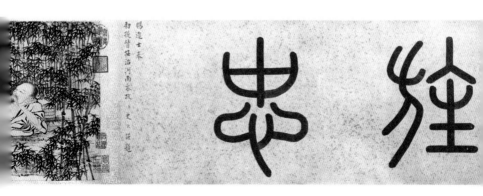

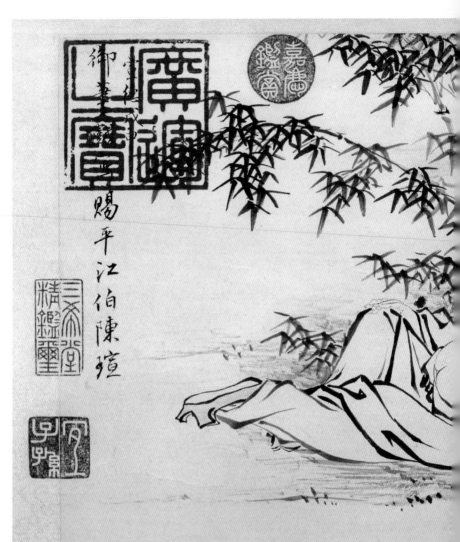

賜平江伯陳瑄

渡过长江，攻入应天府（金陵）被授为奉天翊卫宣力武臣、平江伯，朱棣即位后，任命他为漕运总兵官，督理漕运三十年，修治京杭运河，一生功业显赫，此时已经是油尽灯枯、鞠躬尽瘁了，此等激励，对他有点儿小儿科。

二、假设真为激励他，那么朱瞻基为什么不画赤壁之战诸葛亮"谈笑间，强虏灰飞烟灭"的潇洒，或者他"鞠躬尽瘁，死而后已"的忧劳，而偏要画他高卧长啸的情态呢？莫非是让陈瑄退休隐居吗？

朱瞻基自称，这画是"御笔戏写"。

既如此，或许不必较真。

一千个人心中，有一千个林黛玉。

此时，在这深夜凌晨，最吸引我的话题，唯有睡眠。

三

我突然想到一个问题：宫殿，其实是一个不适合睡觉的地方。

它是一个真正意义上的"盗梦空间"——把梦都盗走了。

有一次陪一位法国朋友逛三大殿，法国人指着太和殿问：中国皇帝在这儿睡觉吗？

我一笑：你愿意在这儿睡吗？

他笑笑，摇摇头。

这座宫殿，在今天也是世界上规模最大的皇宫了。白天丽日之下，这建筑的巨大集合体，足够展现它的壮丽威严。但到了夜晚，巨大而空旷的空间，立刻变得肃杀荒凉，令人恐怖和不安。人需要安全感，在夜晚，人尤其缺乏安全感，仿佛所有的不测，都潜伏在伸手不见五指的夜里。于是，人的想象力得以激发，鬼故事，都诞生于夜晚。《聊斋》里的女鬼，也一律有着固定的作息：夜出昼伏，概无例外。（如果有谁能够制造出白昼的恐怖——心理恐怖，才是真正的恐怖大师。）在北京故宫博物院工作的我，被问到的最多的问题，也是故宫夜里，有没有鬼。

想起一个笑话，说有人半夜在宫殿里遇见一个打更人，便问同样的问题：您老夜夜在这打更，有没有遇见过鬼呢？打更人一笑，道：世界上哪有什么鬼啊，我在这宫殿里打了三百年更了，从来就没见过什么鬼！

我有时会在办公室加班至夜晚，所以夜里在这宫殿里穿行，对我而言算不上稀奇事。向远处望，深蓝的天空下，可见宫殿巨大的黑色剪影，层层叠叠，有如在丛林中潜伏的怪兽，心中会突然掠过不安之感。不知昔日的居住者，在宫殿里可睡得安妥？

皇帝的睡眠被安置在一个如此巨大的容器里，恐惧，必将如一个漆黑的空洞，将他吞没。当然，宫殿里有侍卫、太监，三步一岗，五步一哨，但这种恐惧是施诸心理，而不是施诸肉体的，因此也无法因为防范之严密而得以缓解。想起某年，我在南方探访古建，地方政府准备安排我住一座著名的大院儿。这几百年的大宅门，占地数万平方米，院落重重，房屋数百，光天井就有几十个，其中一部分，被装修为接待场所，恢复了曾有的典雅奢华。这浩大的居所，在白天蔚为风景，但在夜晚，人去楼空，显出几分荒芜落寞。我自知没有勇气深夜在如此巨大空间里独处，所以婉拒了。

夜晚真是一件奇特的事物，它让我们的视觉退场，却让我们的想象获得了动力。也可以反过来说，人的想象力之所以被激活，是因为丧失了探知世界的渠道。恐惧的根本，其实是无知（古人恐惧大自然，今人恐惧外星人，其实都是出于对那个世界的无知）。无知激发了我们的想象，而恐惧，正是由想象催生的。在夜里，我们不知道都有哪些事物在黑暗里潜伏，于是风吹草动，所有自然的现象，都会在我们的想象中被放大。而恐惧又犹如吸毒，一方面让人排斥，另一方面又有着强大的吸引力（这就是为什么恐惧可以变成娱乐产生出售的原因），让人越陷越深，不能自拔。

皇帝当然不会睡在太和殿里。皇帝的寝宫是乾清宫。但乾清宫的宏大壮丽，也比太和殿逊色不了多少。我们常说的"宫殿",是由"宫"和"殿"组成的复合词。紫禁城的空间布局,继承的是"前朝后寝"的制度。"前朝",为帝王上朝治政、举行大典之处,也就是皇帝的办公区,建筑大部分以"殿"命名;"后寝",是帝王与后妃们生活居住的地方,也就是皇帝的生活区,建筑大部分以"宫"命名。养心殿在乾清宫西侧,在生活区,却没有以"宫"来命名,因为自乾隆到清末的二百年间,皇帝不仅在这里读书居住(不住在乾清宫),而且在这里处理政务、召见臣工,一直到慈禧垂帘听政,这里几乎成为帝国的统治中心。可见"宫"与"殿"的命名,不只取决于建筑所在的位置,更取决于功能。

乾清宫面阔九间,进深五间,是古代建筑的最高级别,尽管皇帝睡在开间较小的暖阁里,但巨大的空间,仍然深不可测,对于尚处于儿童时代的小皇帝来说,尤其如此。朱瞻基的儿子朱祁镇就是九岁即位,晚上在空落落的乾清宫里睡觉,脑子里想的都是犄角旮旯里的女鬼,听到风吹屋瓦,或者野猫从院子里跑过,就大呼小叫,传唤太监王振"护驾",闹得王振都不耐烦,说:"你也别三番五次地传唤了,老夫干脆在龙床边上搭个地铺得了!"

到嘉靖时,乾清宫发生过一起未遂的凶杀案,杀人者,杨金英等十六名宫女,被杀者,正是嘉靖皇帝朱厚熜。之所以未遂,是因为当那十六名宫女趁皇帝熟睡,把一条黄花绳套在他的脖子上，又将二方黄绫抹布塞进他的嘴里，由于心里紧张、协同不力，那绳子系成了一个死结，忙活半天，也没能勒死嘉靖，结果出现了逆转——一个名叫张金莲的宫女，因为害怕，悄悄逃脱，向方皇后告密，方皇后带领宫廷侍卫火速赶到，将凶手全部抓了现行，先凌迟，再肢解，最后割下头颅，连告密者张金莲也没放过。史料载："行刑之时，大雾弥漫，昼夜不解者凡三四日。"

这场凶杀案，史称"壬寅宫变"。嘉靖虽然躲过一劫，却从此患上恐惧症，再也不敢在乾清宫睡觉，从此移往紫禁城西部的永寿宫，"后宫妃嫔俱从行，乾清遂虚"[2]。

宫殿的夜里，又平添了十六个鬼魂。这十六个鬼魂，是否会放过他呢？

这样的极端案例，发生在乾清宫只此一次，但宫殿的空旷、幽深给睡眠者带来的心理压力，却别无二致。宫殿是制度性建筑，不顾及个人的情感，甚至会展现出与人性相违的一面——宫殿是权力的居所，却很难成为一个人精神的居所，即使贵为皇帝，也改变不了这一点。

倒是乾隆聪明，坐拥全世界最大豪宅，却打造一个完全属于自己的小天地——三希堂。那是养心殿暖阁尽头最小的一个房间，乾隆皇帝把自己最珍爱的三件晋人书法放在里面，分别是王羲之《快雪时晴帖》、王献之《中秋帖》、王珣《伯远帖》，当然，除了这"三希（稀）"，这小小的房间，还藏着晋以后一百三十四位名家的书法作品，包括三百四十件墨迹以及四百九十五种拓本。八平方米的小房间，一张炕占了一半。从朝堂下来，不用正襟危坐，远离钩心斗角，乾隆盘腿坐在炕上，在小案上赏玩那些宝物，看倦了，就靠着锦枕睡去。说不清它是书房还是卧室，总之它的尺度、环境、气氛是宜于睡眠的。即使在北风呼啸的夜晚，也丝毫不觉清寂和恐惧，因为这小房间，让他觉得温暖、富足、安定。

四

一卷《武侯高卧图》，让我关心起皇帝的睡眠问题。自身难保的我，竟为古人担忧。但我想，宫院深深，睡眠绝对是一个问题。这不仅因为宫室的尺度太大，反而让睡眠无处安放，更在于皇帝是人世间最高危的职业，是所有明枪暗箭的靶心，天下皇帝，没有一个不担心遭人暗害的，更何况，帝国政治的重量落在他一个点上，"百忧感其心，万事劳其形"，这压强，人的小心脏很难承受。

朱瞻基二十九岁登基，面对的，就是两个强劲的政治对手——他的两个叔叔——汉王朱高煦和赵王朱高燧。朱瞻基是朱棣的长孙、明仁宗朱高炽的长子。朱高煦和朱高燧，是朱高炽的两个弟弟（朱高炽为朱棣长子）。当年朱高炽被朱棣立为太子，这两个弟弟就不服，朱高煦迟迟不肯赴云南封地就藩，埋怨说："我何罪，斥万里？"还干了不少不法的事，如果不是朱高炽求情，朱棣早把他废了。朱高炽的善良，给自己儿子接班带来无穷后患。朱高燧虽为朱棣喜爱，却更心狠手辣，竟然让宦官在朱棣的药里下毒，朱棣发现后大怒，又是朱高炽求情，才留他一命。

　　宣德元年（公元 1426 年），登基仅一年的朱高炽突然死去，朱瞻基身在南京，要赶往北京即位。但他的即位之路，步步惊心。先是朱高煦竟在半途设伏劫杀，由于准备仓促，这场惊心动魄的劫杀大戏才无疾而终，他知道放走朱瞻基等于放虎归山，只好破釜沉舟，在宣德元年的八月里起兵造反。

　　《明宣宗实录》云："八月壬戌朔，汉王高煦反。"

　　朱瞻基兴师平叛，不出一个月，朱瞻基就兵临乐安[3] 城下，活捉了朱高煦。三年后，朱瞻基突然想起了这位被羁押的叔父，到西华门内的逍遥城，去看望朱高煦，没想到朱高煦一脚把他钩倒，朱瞻基惊恐之余，命锦衣卫将朱高煦处死，只是那死法颇有"创意"——用一口三百斤的大铜缸把朱高煦罩在里面，在周围架起木炭，文火慢熬，最终把铜缸内化为一堆液体，朱高煦的肉身想必也变成一摊油脂。

今天从午门前去武英殿参观的游客，很多会从太和门广场西侧的熙和门穿过，刚好路过朱瞻基烤死朱高煦的现场，只不过王朝的血腥，早已被时光抹去，留在人们视线里的，只有红墙碧水、雪月风花。明末宦官刘若愚《酌中志》透露，熙和门西侧台阶下靠南的位置，就是朱高煦的肉身消失之处，明代天启年以前，那口大铜缸一直安放在原处[4]，夜黑风高之夜，不知是否有人会听到朱高煦的阴魂在铜缸里面号啕挣扎。

不可一世的汉王朱高煦就这样"人间蒸发"了，赵王朱高燧这次倒是表现得乖巧，看清了形势，主动交出了武装，最终得到善终，但其他藩王仍在，诸藩的威胁，几乎伴随着朱瞻基执政的始终。

"卧榻之侧，岂容他人鼾睡？"宋太祖这句话，一不留神成了帝王政治的铁律。身为皇帝，不仅不能让他人鼾睡，自己都甭想睡痛快了。我相信，在朱瞻基帝王生涯的大部分时间，一定如电视剧里常说的："睡觉都要睁一只眼"。那时，十六名宫女行刺皇帝的事件还没有发生，朱瞻基的寝宫，就在乾清宫。但各种来路不明的力量，依旧潜伏在暗处，蓄势待发。乾清宫内，隔有暖阁九间，有上下楼，共置床二十七张，皇帝每夜任选一张入寝，以防不测。无边的权力，带来的不是幸福和安稳，相反，把睡觉变作九死一生。

五

有人问我，明代皇帝为什么大多心理变态？他们要么杀人花样百出，杀人方法达到了"食不厌精、脍不厌细"的精致（比如解缙，这位在朱棣破南京后主动归依的有功之臣、大明帝国第一届内阁成员，因为在接班人问题上，皇帝向右他向左，惹怒了皇帝，被关押六年之后，在一个大雪凝寒的夜晚，被埋在雪堆里活活冻死了，什么叫"路有冻死骨"，解缙亲身尝试了，这冰箱冷冻死法，与朱高煦的木炭烧烤死法，形成奇特的对应关系），要么骄奢淫逸，沉溺豹房，要么走火入魔，整日炼丹，数十年不上朝。总之，挑不出几个正常人。

我不知这是否与家族遗传有关，但或多或少，与这宫殿的塑造难脱干系。环境塑造人，宫殿是世界上最耀眼的地方，同时也是最黑暗的地方，是"黑夜中最黑的部分"，它的威严不仅会吓倒别人，甚至可能吓倒皇帝自己（前面已以朱祁镇、朱厚熜为例进行过论述）。美国学者保罗·纽曼在谈论地狱时说：

> 在《被诅咒且该死的约翰·浮士德博士的历史》中，地狱被描绘为一个完全黑暗的地方，从其中的峡谷深渊中释放出雷、电、风、雪、尘、雾，传出可怕的恸哭和哀号。

一团团火焰和硫磺从深潭中窜出，淹没了身处其间的所有受诅咒的灵魂。在深渊的中心架有一座天梯，似乎由此可以攀登至天堂。受诅咒的灵魂们奋力攀援，期望逃脱这万恶之境，但从未成功过。就在他们即将到达幸福和光明的极乐世界的那一刻，又会被无情地掷回水深火热之中。[5]

这与宫殿的性质极其吻合。宫殿是你死我活的战场，有人直接称之为"天朝沙场"（celestial battlefield）。它一头连着天堂，一头连着地狱，天堂与地狱，其实只一墙之隔。朱棣三个儿子之间的帝位之争（在朱瞻基这一代得以总爆发），康熙皇帝"九子夺嫡"的惨剧，皆是如此。汉王朱高煦之所以造了侄子朱瞻基的反，是因为他也曾无限接近过帝位，朱棣的心理天平，曾经向他倾斜，却又发生了戏剧的反转——经过反复权衡，朱棣后来还是选中了他的嫡长子朱高炽。正如保罗·纽曼所说：在他即将到达幸福和光明的极乐世界的那一刻，又被无情地掷回水深火热之中。

六

有意思的是，朱氏家族一方面残暴狞厉，另一方面却展现出超强的艺术气质，才华横溢的艺术家层出不穷，延续了十几代，在中国历代皇族中绝无仅有。即使一个纯正的艺术家族，也很难做到这一点。这个家族的血缘密码，实在复杂难解。在刀刃与血腥之上，艺术展现出非凡的魔力，也为这个家族打开了另外一个世界。

朱元璋出身草莽，大字不识一筐，当皇帝后，朱元璋知道，文化程度低是自己的硬伤，所以他说："我取天下，正要读书人！"在这一思想指导下，刘基、宋濂、高启这"明初诗文三大家"，都入了他的阵营，组成天下第一智库。至于刘基（刘伯温）被朱元璋借胡惟庸之手干掉，宋濂死于胡惟庸案，高启被腰斩，而且是被斩成八段，[6] 这些都是后话了。这三大家，刘基以行草著称，宋濂草书如龙飞凤舞，高启则擅长楷书，飘逸之气入眉睫。

在他们的熏陶下，朱元璋的文化水平迅速提高，他的行书、草书，既见帝王的霸象，又不失朴拙率真之气。在北京故宫博物院，收藏有朱元璋《明总兵帖》［图 4-2］、《明大军帖》等书帖，但他的大宗手稿收藏在台北故宫，共七十四帖，总称《明太祖御笔》。

朱元璋极力在皇家血统中注入文化的基因，硬是把这个草莽出身的家族塑造成一个艺术之家，以至于在这个家族的后代中，艺术的才华挡也挡不住。在北京故宫博物院，我们至今可

營內新舊見莊

萬疋數目根來

毋得隱瞞就

教小先鋒將手

[图 4-3]

《一团和气图》轴，
明，朱见深

北京故宫博物院 藏

御製

一團和氣圖贊

朕聞晉陶淵明乃儒門之秀
陸脩靜亦隱居學道之良而
惠遠法師則釋氏之翹楚者
也法師居盧山送客不過虎
溪一日陶陸二人訪之輿語
道合不覺送過虎溪因相輿
大笑世傳為三笑圖此盖非
一團和氣而自邪試揮綵筆
題識其上

嗟世之有生並戴天而履地
既均稟以同賦何彼珠而此異
惟螯智以自私形骸而相忌
雖近在於一門乃遠同於四裔
偉哉達人遐觀高視談笑儀
俛仰不愧彼之是非萬一
團之和氣靄然以召和明良其
類以成此以建功
功必備豈無斯人輔予盛治彼
圖以觀有繫予志聊援筆以寫
懷庶以警俗而勵世

成化元年六月初一日

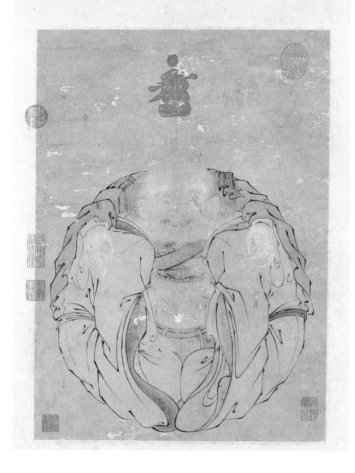

见明仁宗朱高炽（洪熙）、明宣宗朱瞻基（宣德）、明宪宗朱见深（成化）［图4-3］、明孝宗朱祐樘（弘治）、明武宗朱厚照（正德）、明世宗朱厚熜（嘉靖）、明神宗朱翊钧（万历）、明思宗朱由检（崇祯）等历任皇帝的书法和绘画作品，笔力都很不俗，尤其朱瞻基，更是所有艺术史教科书上的不可或缺的大画家，在花鸟、山水、人物画方面都造诣不凡，成就直追宋徽宗，所谓"点染写生，遂与宣和争胜"。朱谋垔《续书史会要》说：

> 宣宗皇帝御临之时，重熙累洽，四海无虞。万几清暇，留神词翰，山水人物、花竹草虫，随意所至，皆极精妙。

他的《莲浦松阴图》卷［图4-4］、《三鼠图》册页、《寿星图》横幅、《山水人物图》扇［图4-5］［图4-6］、《武侯高卧图》卷，如今都藏在北京故宫博物院。

明代宫廷社会，已然形成了一套压抑身体的完整机制，身为皇室，也未必能够摆脱这样的身体命运，甚至会更加深重。在这种情境下，艺术，可能成为拯救其人性的唯一方式，使他们在权力角逐中紧绷的神经，在艺术中找到酣畅的释放而复归于平静。

古来以睡眠为题的绘画很多，如五代周文矩《重屏会棋图》

[图 4-4]

《莲浦松荫图》卷，明，朱瞻基

北京故宫博物院 藏

卷（北京故宫博物院藏，画屏上绘有白居易《偶眠》诗意）、元
代刘贯道《梦蝶图》卷（美国王己千先生怀云楼藏）、明代唐寅《桐
阴清梦图》轴（北京故宫博物院藏）。其中，朱瞻基《武侯高卧图》
是最杰出的画作之一。画中诸葛亮，不是雄姿英发，衣履庄严，
而是袒腹仰卧，基本半裸。在我看来，这不像是朱瞻基在呼唤
贤良，倒有点儿消极厌世的犬儒主义，难怪网友评价，这是史
上最丑的诸葛亮形象。但那种洒脱任性的表达，却入木三分。
不能排除，这幅画是朱瞻基对自身处境的一种幻想性满足，即：
这是他借用一个古人的身体而完成的自我解脱。

正像在惶惶不安中走向穷途的崇祯皇帝，留在北京故宫博
物院的书法代表作，所写的不是励精图治的豪言壮语，而是这

样四个字：

　　松风水月

七

　　至少从睡眠的意义上说，皇帝是天底下最可怜的物种。连觉都睡不安稳，还谈啥生命质量？在这一点上，任何一个人，都可以笑傲历代帝王，纵然我们没有乾清宫九间暖阁组成的豪华套房，但我们也无须在二十七张床之间打游击，在每一个夜晚，变成一只惊弓之鸟。所谓的现世安稳，岁月静好，这句被用烂的名言，原来竟是我们的最大财富。皇帝的金银珠玉、珍馐美味，其实都抵不过一场酣畅淋漓的睡眠。因为那睡眠不只是睡眠，

《山水人物图》扇之一，明，朱瞻基

北京故宫博物院 藏

[图 4-6]

《山水人物图》扇之二，明，朱瞻基

北京故宫博物院 藏

也透射着一个人生命的纯度。一个人内心是否笃定、坦然，透过睡眠，一眼便可望穿。

像当年苏轼下狱，一夜，牢里忽进一人，一言不发，在他身边倒头便睡，第二天清晨便离去。原是皇帝派来的探子，侦探苏轼是否睡得安稳，见苏轼酣睡如常，汇报给皇帝，皇帝于是知道，苏轼问心无愧。

苏轼的睡眠，想必比皇帝好。

内心率性旷达，随遇而安，心似泰山，不摇不动，如明代思想家陈献章所云："不累于外物，不累于耳目，不累于造次颠沛，鸢飞鱼跃，其机在我"[7]，才能真正在睡眠中，得大自在。

我终于悟到，真正的逍遥游，是在梦里。

只有自由地睡觉，轻松地入眠，才是货真价实的逍遥。

读王羲之《适得帖》（唐代摹拓墨本，日本宫内厅三之丸尚藏馆藏），读出"静佳眠"三字，我想，这便是对睡眠的最好的形容，人静、环境佳，才能有眠。

这"佳"，未必是奢华，相反要小、温暖、亲切，像三希堂，或倪瓒友人的容膝斋。"容膝"，极言其小，这个词很可爱，被文人频频使用。《浮生六记》云："余之所居，仅可容膝，寒则温室拥杂花，暑则垂帘对高槐，所自适于天壤间者，止此耳。"[8]这便是"佳"的含义。

而《适得帖》，也确实记录着一场睡眠。其全文是：

> 适得书。知足下问。吾欲中泠。甚愦愦。向宅上静佳眠。
> 都不知足下来门。甚无意。恨不暂面。王羲之

朋友来问候，王羲之在宅中小睡，竟浑然不知，以至于错过了一场见面，让他耿耿于怀，并一再向朋友道歉。但那场睡，一如"永和九年的那场醉"，那么普通，又那么值得被铭记。

在我卧室的床头，我要挂上三个字："静佳眠"。——打死也不挂"松风水月"。

再抄苏轼的两句诗，竖在两边：

> 畏蛇不下榻，
> 睡足吾无求。[9]

我会放下所有的心理负担，因为没有什么事物，值得去妨碍一场睡眠。

安顿好睡眠，才能安顿好自我。

幸好，我们不是皇帝。

我们是简单而快乐的普通人。

第五章

家在云水间

只有在绛云楼里，她才能活成她希望的

那个自己——那个最好的自己。

我可以是村妇是村姑

也可以是一个侠女　我可以是

采药人　也可以是一个女道士

我以女人的形象走在云水间

以女人的蒙太奇平拉推移

以女人的视觉看时间忽远忽近

　　　　——翟永明：《随黄公望游富春山》

　　　一

　　崇祯十六年（公元 1643 年）的春天，晚明名士钱谦益偕柳如是走进拂水山庄观看桃花。那一年，柳如是二十七岁，钱谦益六十七岁。

　　柳如是一生钟爱自然的声色，风拂竹瑟，月映梨白，都会让她深深地感动。很多年后，她仍不会忘记，那一天，小桃初放，

[图 5-1]

《月堤烟柳图》卷，明，柳如是

北京故宫博物院 藏

细柳笼烟，她与夫君一步一步，辗转于月堤香径。那桃、那柳，都见证着她生命中最为清宁恬静的岁月。她轻轻踏上花信楼，端坐在窗口，凝望着迷离的春光，心中想起钱谦益《山庄八景》诗中的那首《月堤烟柳》，突然间想画一幅画，把自己最钟爱的时光留住。她索来纸笔，匆匆画了一幅山水图景。

三百七十年后，我在北京故宫博物院目睹着柳如是的《月堤烟柳图》[图 5-1]，心里想着当年的岁月芳华，都是那样真实，仿佛那烟柳风花正是昨日刚刚见到的景物，中间三百多年的流光，根本不曾存在过。

二

在抵达拂水山庄之前，柳如是的路走得太久、太累。

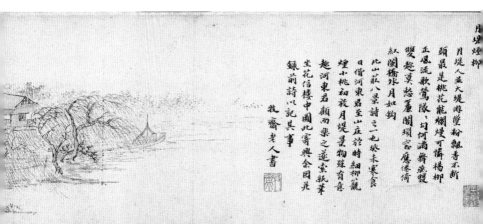

柳如是一生的行脚，几乎都不曾离开过江南。她出生在江南水乡，幼年身世无考，少年时入吴江，被卖做已被罢官的东阁大学士周道登府上做婢女，又做小妾，后被周府姬妾所陷，十五岁沦落风尘，很快倾倒众生，成为"秦淮八艳"之首。

但后人提她、陈寅恪写她，绝不止于这些。

在陈寅恪先生眼里，即使在倚门之女、鼓瑟之妇那里，也存在着"独立之精神，自由之思想"，更何况柳如是的清词丽句，常深奥得令他瞠目结舌、不知所云。[1]

"放诞多情""慷慨激昂""不类闺阁"，这是当时文人对柳如是的评价。她常做男子打扮，头罩方巾、一身长衫，于文人的世界中周旋，在她的温婉妩媚中，平添了几许阳刚之气。

就是陈寅恪所说的"三户亡秦之志"[2]。

　　她爱过宋征舆，但那份曾经狂热的恋情却因宋母的强烈反对而熄灭。后来她又爱陈子龙，因为她不仅看上了陈子龙身上的才华，更喜欢他的侠义之气。在松江的渡口，她送年轻俊逸的陈子龙北上京师，参加次年二月的春闱。那是崇祯六年（公元 1633 年），帝国正处于风雨动荡之秋，北方的战事糜烂，紫禁城里的崇祯皇帝，神经衰弱得几近崩溃。或许，正是那样的处境，赶上那样的时事，让陈柳之间的那份情，别有一番暖意。

　　陈子龙没有一去不归，第二年春天，他就落第归来了，这反而让柳如是感到释然。崇祯七年（公元 1634 年），离大明王朝的灰飞烟灭还有整整十遍的春秋，柳如是和陈子龙住进了松江南门内的别墅小楼——南楼。白天，陈子龙去南园读书——那座园林，本是松江陆氏所筑，但多年无人居住，已是廊柱丹漆剥落，假山薜荔纵横，看当年与他们同在园中读书的陈雯的记录，觉得那园林的气氛，很像今天的恐怖片。他说："有啄木鸟，巢古藤中，数十为伍，月出夜飞，肃肃有声。猵獭白日捕鱼塘中，盱睢而徐行，见人了无怖色。"

　　但在柳如是看来，这荒芜的园林别墅，在她的辗转流离中，无疑是一处温暖的巢穴，因为每天晚上，陈子龙读书归来，都在南楼上与她相伴。那段日子，她填了许多词，有《声声令·咏风筝》《更漏子·听雨》等。她《两同心·夜景》里写二人缠绵之状：

不脱鞋儿，

刚刚扶起。

浑笑语，

灯儿斯守。

心窝内，

着实有些些怜爱。

缘何昏黑，

怕伊瞧地。

两下糊涂情味。

今宵醉里。

又填河，

风景堪思。

况销魂，

一双飞去。

俏人儿，

直恁多情，

怎生忘你。

陈子龙拾起纸页，笑道："这该是我作给你的啊。"

陈子龙也为柳如是留下很多词，比如《浣溪沙·五更》《踏莎行·寄书》。

但柳如是的词，像这样轻松俏皮的并不多，更多的，总是有着一种莫名的愁绪，就像崇祯七年的春天一样，晦暗不明。

在陈子龙身边，内有正室张孺人不动声色斗小三儿，外有文场小人背地暗算，让他腹背受敌。在家里，张孺人出身大户人家，掌握家庭财政大权，她能接受陈子龙纳妾，却绝不接受一位青楼女子玷污门楣；在文场，许多人对陈子龙又妒又恨，开始风传一些流言蜚语，还有人花钱，让当地官员上奏朝廷，剥夺陈子龙的举人资格，这事，陈子龙自撰年谱有载。

南楼，不是他们在现实中的容身之所，只是现实中的一道幻影。很多年后，当所有的缠绵都成了陈年往事，内心的伤口长出厚厚的茧子，柳如是翻弄昔日的诗稿，不知会做何感想。

有意思的是，她的诗集，后来恰由陈子龙为她整理编印。不过这些，都是后话了。

三

我见过柳如是初访钱谦益时的小像一帧，的确是一身儒生装束，配她的清逸面庞，倒显得洒脱俏丽。

那一年，是崇祯十三年（公元 1640 年）的冬天。转眼间，已和陈子龙相别六年。六年中，柳如是迁延于盛泽、嘉定等地，也几经情感的波折，始终没有归处。

她感觉自己已然老去许多。不是容颜老了，是心老了。

柳如是最终与钱谦益最终牵手成功，得益于杭州友人汪然明的牵线。终于，她乘上一叶小舟，翩然抵达虞山半野堂。

柳如是买舟造访钱谦益，让人想起卓文君夜奔卖酒情定司马相如，那份胆略，自出一途。所幸，钱谦益早知柳如是的才名，对她所作"桃花得气美人中"之句激赏不已。他初时只觉面前的翩翩佳公子骨相清朗，待看到她投来的名刺，又见她落落长衫之下的一双纤纤弓鞋，方恍然悟出面前的少年郎竟是名满江南的柳隐，自然大喜过望。[3] 这一段旷世姻缘，就在崇祯十三年冬天暧昧不明的光线里，尘埃落定了。

很快，柳如是拥有了自己的居舍，那是钱谦益在半野堂边上为她建起的一座新舍，取名"我闻室"。这名字来自《金刚经》，因为经文开头便是"如是我闻"，如是，刚好是柳如是的名字。

此时，距柳如是半野堂初会钱谦益，只过去了一个多月。

柳如是从此有了别号："我闻居士"。

入住我闻室那一天，面对绿窗红舫、熏炉茗碗，不知她是否会想起，自己十六岁时与宋徵舆相见时，宋徵舆送她的那一首《秋塘曲》？是否会想起与陈子龙在南楼相别，陈子龙和秦观《满庭芳》填的那阕新词："无过是，怨花伤柳，一样怕黄昏？"或许，那份曾经的温存与暖意，她都不曾忘记，只是沉沉地压在心底，不愿把它们再翻搅上来。

　　相比之下，钱谦益的确是老了。燕尔之宵，他说：我爱你黑的头发白的面孔。柳如是笑答：我爱你白的头发黑的面孔。这事《觚剩》《柳南随笔》有载，不过这些都是清代笔记，真实性存疑——他们又不在现场，怎知钱柳二人的悄悄话？但不管怎样，"白个头发黑个肉"，从此成为典故，那说笑里，多少也藏着柳如是的辛酸。

　　其实，柳如是的心迹，在她的诗里写得明白：

裁红晕碧泪漫漫，

南国春来正薄寒。

此去柳花如梦里，

向来烟月是愁端。

画堂消息何人晓，

翠帐容颜独自看。

珍重君家兰桂室，

东风取次一凭栏。

　　听上去，柳如是并不怎么开心，有了我闻室作安身之所，竟有一脉冰凉自眼角溢出，流过她的面颊。是伤痛，还是幸福的泪水？陈寅恪先生解释说："盖因当日我闻室之新境，遂忆昔时鸳鸯楼之旧情，感怀身世，所以有'泪漫漫'之语。"

　　或许，出于对于出身的敏感，柳如是一生，要浪漫，更要尊严，要一个真正属于自己的、独立的空间，而这，恰恰是宋征舆、陈子龙所不能给她的。这世上，只有钱谦益能给，能够给她一个我闻室、一个像样的婚礼、一个侧室夫人的身份，还有，对一位艺术家的那份欣赏与尊重。

　　钱谦益，在晚明历史上是举足轻重的人物。他二十四岁中举，二十八岁参加殿试，被定为一甲探花，被授翰林院编修，后来因母亲去世，回乡丁忧，在朝廷坐了十年的冷板凳。公元1620年，明神宗万历皇帝龙驭归天，明光宗即位，钱谦益被召回京，官复原职。不料第二年，也就是天启元年，又被政敌所害，辞官回乡。崇祯即位后，又召他入京，授礼部右侍郎，很快又成党争的牺牲品，又遭温体仁、周延儒弹劾，直到崇祯把自己吊死在煤山上，他再也没有进过紫禁城。

　　但钱谦益有钱，有才华，有名声，还有两座园林别墅——一座半野堂，在虞山东面山脚，吴梅村、石涛都曾在此住过；另一座拂水山庄，在虞山南坡。这两处林泉佳境，既是他的生活空间，也是他的知识天堂，在品味诗文，或者咏诵唱和间，他面对晨昏昼夜，笑看时空轮转，人们称他为："山中宰相"。

三年后（崇祯十六年，公元 1643 年）的秋日里，钱谦益又在半野堂旁，为柳如是盖起一座绛云楼。此楼共五楹三层，楼上两层为藏书之所，楼下一层为钱柳夫妇的卧室、客厅和书房。

此时的钱谦益，既无内忧，也无外困。而朝廷的形势，却刚好相反。

绛云楼以北，万里关山以外，大明帝国接连丢掉了关外重镇宁远、锦州，辽东总兵祖大寿和前去增援的蓟辽总督洪承畴相继降清，山海关屏障尽丧。绛云楼清夜秋灯、私语温存之时，清军已如浩荡的洪水，冲垮了蓟州、兖州等八十八城。而黄土高原上的那支义军也将俯冲下来，一年多后，就将会师北京。

大明王朝，已入垂死之境，自相残杀的热情却丝毫不减。崇祯在位十七年，却换了十一个刑部尚书，十四个兵部尚书，诛杀总督七人，杀死巡抚十一人，逼死一人，这其中就包括总督袁崇焕。崇祯拔剑四顾，满朝找不出一个他信任的人。

而此时的钱谦益，正追携着佳人，一壶酒、一条船、一声笑，归隐江湖。对于那个年代的士人而言，这未尝不是一个最好的结局。

四

假如退回到晚明，我们可以看到许多记忆里的老熟人，正端坐在水榭山馆中，抚琴叩曲、操弦吟词。这里面，有弇山园（小祇园）里的王世贞、乐郊园里的王时敏、梅村山庄里的吴伟业，当然也有拂水山庄里的钱谦益与柳如是。

多年前，我曾有一次常熟之行，却因行色匆匆，没有看到过拂水山庄，也不知道从前的秋水阁、耦耕堂、花信楼、梅圃溪堂这些园中建筑，如今可否安在。后来从黄裳先生书里看到，他曾经两次去常熟，都向当地人打听过拂水山庄的遗址，没有人知道。[4] 他说这话的时候，是1983年，如今，已经过去了三十余年了。

所以，那个拂水山庄，对我来说一直是一个神秘的空间，搁浅在17世纪的光阴里，从未向21世纪的我打开。出于对当代仿古建筑的警惕，我再也没去常熟，没去打探过拂水山庄的下落。今天我能面对的，也只有柳如是在崇祯十六年所绘的一纸《月堤烟柳图》。从这幅图卷上看，这座拂水山庄，沿袭了明末文人空间的质朴风格，房屋建于一个平坦的岛上，有小桥与岸边相通，空间环境几乎被满目烟柳所包围，小岛岸边，停靠着一叶小舟，是为构图的平衡，是空间的延伸，也是她心内处境的写照。

　　一卷《月堤烟柳图》,让我想起"明四家"笔下的文人空间——沈周《桂花书屋图》轴［图5-2］、唐寅《事茗图》卷［图5-3］、文徵明《东园图》卷、仇英《桃村草堂图》轴,都藏在北京故宫。《桂花书屋图》里的书屋,被沈周设置为一个敞开的空间,面对一棵桂花树,还有一条蜿蜒的小溪,屋后,则是青黛的山峦。这幅画中,无论是书屋本身,还是周边的竹篱、门扉,都平朴至极,没有丝毫的声色与嚣张,但它却是那么美,美在建筑与自然、物质与精神的和谐相契。

　　假如我们打量元代绘画中的房子,我们很容易发现其中的不同——那个时代的画家,要么借助铠甲般厚重的山石,把屋舍一层层包裹起来,如马琬《雪岗渡关图》轴;要么把房屋安置在半山的位置上,在山崖的皱褶与山树的簇拥中,只依稀露出几个屋顶,如王蒙《夏山高隐图》轴、《深林叠嶂图》轴、《葛稚川移居图》轴、《西郊草堂图》轴［图5-4］、《溪山风雨图》册;甚至更加极端地把居舍托举到了一个不可企及的高度上,与世隔绝,如黄公望《天池石壁图》轴、《九峰雪霁图》轴、《丹崖玉树图》轴和《快雪时晴图》卷［图5-5］——我甚至怀疑在那样的高度上,是否可以有正常的生活。

　　后来,所谓"隐"与"显"、出世与入世的对立,就不那么

[图 5-2]

《桂花书屋图》轴（局部），
明，沈周

北京故宫博物院 藏

[图 5-3]

《事茗图》卷，明，唐寅

北京故宫博物院 藏

尖锐了。二元选择带来的两难，渐渐被时间所溶解。自在的世界是无处不在的，不一定只有在深山绝谷、寂寞沙洲才能寻到，而士人的内心，也渐渐由幽闭，转向开放和坦然。

在明代绘画中，几乎找不到王蒙、黄公望这样不近人世的孤绝感，也不像倪瓒那样，把人间生活的一切场景全部滤掉。明代风景画上的房屋，大都平稳地坐落在平实的环境中，不一定要置身于奇胜绝险之地，也不需要高墙或者天然的屏蔽把自己遮挡起来，而是门轩开敞，与世界融为一体。在这个空间里，水自流，花自开，风自动，叶自飘，他们笑纳一切。

　　所谓"会心处不在远"，他们的目光，已由远方，收拢到质朴、亲切的生命近处，收拢到自己对生命与世界的真实体验中。这里不再是寂寞的江滨，而是温暖的溪岸，让我想起邹静之兄在电影《一代宗师》里写下的一句词：

　　　　有一口气，点一盏灯；有灯，就有人。

五

　　多年前，我从米希尔·埃利亚德的书里读到过这样一段话：

[图 5-4]

《西郊草堂图》轴，元，王蒙

北京故宫博物院 藏

"在日常住宅的特定结构中都可以看到宇宙的象征符号。房屋就是世界的成像……"[5] 这让我们对于房子的功能有了新的想象：除了遮风避雨和保护自己以外，房屋还是"世界的成像"。

我对这话的理解是，无论什么的房屋，对应的都是一个人对世界的想象。一个人在构筑物质空间的同时，也在构筑着他的精神空间。敬文东说："房屋绝不是房屋本身，也绝不只是砖、石、泥、瓦等各项建筑材料按照某种空间规则的完美堆砌。在'房屋'这个巨大而源远流长的'能指'之外，昂然挺立的，始终是它的超强'所指'（或意识形态内容）。"[6]

很多年中，我都对装修充满热情。在我看来，装修的趣味性在于，它能够把一个看上去千篇一律、索然无味的毛坯房，变幻成一个唯美的、舒适的、充满个人气息的空间。而过程的艰辛、狼狈、无厘头，不过是让结局更显惊喜而已。

读了米希尔·埃利亚德的书，我才知道，我的这种偏执，竟然是"世界的成像"在作怪。那四白落地的毛坯房，就是我构筑自己"世界的成像"的起点，让我按捺不住，跃跃欲试。它们仿佛一张白纸，供我在上面画最新最美的图画，又好似空白的电影银幕，等待着我导演出最好的剧情，只不过电影的呈现有赖时间的流动，而个人的房间要凭借对空间的结构与组合。

皇帝也是一样，只不过他的毛坯房大了一些，帝国、城池，

就是它的毛坯房，他内心里的"世界成像"，也就更加壮丽和宏观。回顾中国历史，我们很容易发现，几乎所有令人瞩目的皇帝，比如秦皇汉武、唐宗宋祖，都是伟大的空间梦想家，也是野心勃勃的建筑设计师，在他们的任期内，无不根据他们的旨意，展开了轰轰烈烈的建设运动。

《历史简编》是 14 世纪在巴黎出版的一本书，记录了忽必烈汗曾经梦到过一个宫殿，后来他根据这个梦，修建了著名的汗八里——就是元大都（今北京）的宫殿。拉什德·艾德丁在这本书里写道："忽必烈汗在上都之东修建一座宫殿，宫殿设计图样是其梦中所见，记在心中的。"[7]

四个多世纪后，英国诗人科尔律治梦见了忽必烈的梦，并且在梦里完成了一首长诗《忽必烈汗》，醒来后他依然记得三百多行，这时，一位不速之客打断了他，结果他除了一些零散的诗句以外，再也想不起其他诗句。他有些愤怒地写道："仿佛水平如镜的河面被一块石头打碎，它反映的景象怎么也恢复不了原状。"[8] 又过了一百多年，一个名叫博尔赫斯阿根廷老头又用这两个相距几百年的梦构筑了自己的小说——《科尔律治之梦》。

忽必烈汗的梦，有人认为是一种心理学的奇特现象，但是在我看来，它刚好暗合了建筑空间的成像性质。

于是，房屋就不再仅仅是遮风避雨的实用场所，也不只是

装载梦的容器，它是梦的物质形式，可以体现梦想的形状、质地与方位感。

紫禁城落实的是一个王者的"世界成像"，因此它必须是唯一、宏伟的、秩序谨严的，必须把所有人的个性全部吞噬掉。同理，一栋日常的住宅——它的环境、空间、布局、装饰，也是与一个人内心里的世界相吻合，是他心目中"世界成像"的表达。

入明以后，画家不再迷恋深山绝谷，不再用一层层的山峦把自己的内心紧紧地包裹起来。他们的内心不再那么紧张，而是以一种相对松弛的心态，构筑自身与外界的关系。此时，他们的清逸人格，就更多地通过对居住空间的构筑得以表达。不论这样的居住空间坐落在哪里，它都将是"一个自足的摒绝外界联系的隐居天地，不受岁月流逝的促迫，因此可以按照个人理想，像高濂在《遵生八笺》（1591 年序）中所宣扬的，选择最精当的物件来构筑私属的永恒仙境"[9]。

六

尽管我已经无缘进入钱柳的绛云楼，去参观他们生活空间的内部，但他们生活空间的那份低调的奢华，完全是可以想象的。低调体现在建筑环境上，一定是朴素直率、清旷自然，就像拂水山庄设计者、17 世纪早期最著名的园林设计师张涟所追求的，

"一花一竹，疏密欹斜，妙得俯仰"，"窗棂几榻，不事雕饰，雅合自然"[10]；奢华则体现在布局摆设上，不仅囊括了钱谦益的平生所藏：秦汉金石、晋元书画、两宋名刻、香炉瓷器、文房四宝……

我们可以透过明代画家文徵明的一幅名为《楼居图》[图5-6]的画轴，观察明代文人的私密空间。这也是一座坐落在自然环境中的朴素的居舍，院外有一条弯曲的小河，河上有一板桥正对着敞开的院门，流露出主人对友人造访的期待。院内那座两层高的楼阁，傲然独立于一片高耸的树林上，楼中主客二人正对坐畅谈。阁中设一红案，案上置一青铜古器，旁边堆放着一些书册，屏风后面，露出书架的一角，有书卷和画轴在上面码放整齐，一位小侍童正端着一个托盘，步入高阁，准备为二人奉上酒或者茶。

在这样的文人空间内，来自大自然的瓶花，充当着点睛之笔。

鲜花插瓶，自宋代以来兴盛于士大夫之间。对此，许多宋代文人作品都可以为证，比如曾几《瓶中梅》写道：

> 小窗水冰青琉璃，
>
> 梅花横斜三四枝。
>
> 若非风日不到处，
>
> 何得色香如许时。
>
> 神情萧散林下气，

玉雪清莹闺中姿。

陶泓毛颖果安用，

疏影写出无声诗。[11]

　　扬之水说，形成这一风雅的重要物质因素，是家具的变化，亦即居室陈设的以凭几和坐席为中心而转变为以桌椅为中心。高坐具的发展和走向成熟，精致的雅趣因此有了安顿处。[12]这一风雅，也一路延伸到明代。这个朝代，为我们贡献了一部专门品藻物质雅俗的书——《长物志》。在这部书里，文震亨不仅以一卷的篇幅谈论文人花木，而且在《器具》一卷中，专设《花瓶》一节，对插花之瓶，一一做出指导，告诉读者什么瓶可以插花，什么瓶不可。我才知道青铜器，如尊、罍、觚、壶，也是可以用来插花的，而且花之大小不限。在我看来，最适合插花的青铜器，应当是形体细长、优雅的觚，张岱给它起了一个好听的名字：美人觚。当然，在这些"专业知识"之下，我也想起一个暧昧的书名：《金瓶梅》。

　　钱谦益写过《灯下看内人插瓶花戏题》四首，可见绛云楼内人花相照的情景。其中一首为：

　　水仙秋菊并幽姿，

插向磁瓶三两枝。

低亚小窗灯影畔，

玉人病起薄寒时。

除了花朵、美人，墙上的挂轴，也最能暗合居室主人内心的清雅。《长物志》里，文震亨对不同时令挂画的内容也提出不同的建议，比如六月宜挂云山、采莲等图，七夕宜挂楼阁、芭蕉、仕女等图；九月、十月宜挂菊花、芙蓉、秋江、秋山、枫林等图，十一月宜挂雪景、蜡梅、水仙、醉杨妃等图。[13]

因此，柳如是《月堤烟柳图》，就像沈周《桂花书屋图》这些明代绘画里的士人一样，纵然在他们的身体与世界之间已经没有屏障，但是，在他们的内心与世界之间，还是有一条线的，只不过那线不再像之前的绘画那样，通过大山大水进行区隔，而是存于他们的心底，是一条隐隐的心灵底线，是文人们的内心品格与操守。明代的画家们，通过居舍中的书卷、文玩、香炉、花瓶、茶具、梅兰竹菊表现出来。他们不是玩物者，那个所谓的"志"，就潜伏在他们心里，从来不曾泯灭。

七

一个人，可以通过物质空间的构成来为他的乌托邦奠基，而物质的空间，也可以界定一个人的身份和命运。比如，在学校的空间里，我们被界定为学生；在写字楼里，我们被界定为职员；在风景旅游点里，我们被界定为游客，而我们所有的故事，都围绕这样的身份展开。

对于柳如是来说，绛云楼既包含了她对世界的设计和想象，也重构了她的命运，甚至重塑了她与世界的关系——

绛云楼里的柳如是，不再是秦楼楚馆里的柳如是，不再是南楼里的柳如是，也不再是她为躲避谢三宾纠缠而在嘉兴勺园避居养病的柳如是，甚至，不再是我闻室这个临时建筑里的柳如是，她与爱人的关系，再也用不着偷偷摸摸、暗度陈仓。绛云楼重新界定了她的身份——她不仅是一代名士钱谦益的爱妾，而且是一位兼具诗人、词人、书法家、画家身份的女艺术家。翁同龢曾经在《客以河东君画见示，伪迹也，题尤不伦，戏临四叶漫题》一诗的自注中说："在京师曾见河东君狂草楹帖，奇气满纸。"翁同龢为晚清一代书家，他称河东君（即柳如是）的书法"奇气满纸"，柳如是的书法功力可以想见。当代学者黄裳先生也说，她的"诗词都很出色"，而她"漂亮非凡的小札，放在晚明小品名家的作品中……也是第一流的"[14]。

她爱瓶花，但她不是花瓶。

还是崇祯十四年（公元 1641 年）正月初二，拂水山庄梅花

开得正艳，钱谦益邀柳如是来看梅。面对那数十株寒香沁骨的
老梅，钱谦益作诗《新正二日偕河东君过拂水山庄，梅花半开，
春条乍放，喜而有作》：

> 东风吹水碧于苔，
>
> 柳厣梅魂取次回。
>
> 为有香车今日到，
>
> 尽教玉笛一时催。
>
> 万条绰约和腰瘦，
>
> 数朵芳华约鬓来。
>
> 最是春人爱春节，
>
> 咏花攀树故徘徊。

柳如是步其韵，写道：

> 山庄山色变轻苔，
>
> 并骑轻看万树回。
>
> 容鬓差池梅欲笑，
>
> 韶光约略柳先摧。
>
> 丝长偏待春风惜，

香暗真疑夜月来。

又是度江花寂寂，

酒旗歌板首频回。

这些唱和之作，在拂水山庄之美上，又叠加了一层二人唱和的和谐之美。

在钱柳诗稿中，这样的唱和之作，比比皆是。至少在诗词上，柳如是可与钱谦益平起平坐。她与钱谦益，是一种平等的"互渗"关系，相互推动，东成西就。

她美，但她不甘只做被观赏的对象，因为观赏也是一种权利——在男权社会，对女人的观赏更是男人的权利。她曾放言，非旷世逸才不嫁，而且主动投靠钱谦益，都表明她从没有放弃过对男人的鉴赏权。而与她过从甚密的那些文人——张溥、陈子龙、钱谦益，又无不是那个时代的佼佼者。

钱谦益也珍爱这一点，所以他把自与柳如是相识以来的唱和诗作编成一本书，取名《东山酬和集》。

其实，除了她是一介女流，不能去参加科举，不能求取功名以外，她的内心，与士人没有区别，甚至，她内心的境界，比起那些摇头晃脑、大做帖括文章的举子要高出许多。她就像沈唐文仇绘画里的那些高雅文士一样，安坐在一个由自己选定的宁静世界里，坚守着内心的原则，却不孤高、不傲世，甚至，这种对生命的感动、对家园的渴望，与对他人的关爱、对国家的抱负，一点也不抵触，以至于后来，当崇祯皇帝在紫禁城憔悴的花香里奔赴煤山，把自己吊死在一棵歪脖树上，弘光政权在南京搭起草台班子，柳如是虽为一女文艺青年，那一副报国之心，也是一样可以被激起的。钱谦益被这个临时朝廷起用，出任礼部尚书兼翰林院学士加太子太保，她随夫君奔赴南京，当清军杀入南京时，她又劝钱谦益不做降臣，重返山林。她在乱世中把握自己的那份力道，虽不如她在笔墨间那么轻松自如，却依然让人肃然起敬。

绛云楼就像她命运中的变压器，把她从青楼闺阁里的柳如是，变成历史图景里的柳如是。只有在绛云楼里，她才能活成她希望的那个自己——那个最好的自己。

八

清军是在清顺治二年（公元 1645 年）的五月初八夜里从瓜州 [15] 渡江的。渡江前，江面上刮起了强劲的西北风，吹得江南的明军士兵几乎睁不开眼睛。等他们睁开眼睛时，看见的却是一幅离奇的景象——江面上居然燃起了大火。是豫亲王多铎下令，用搜掠来的门板、家具等扎成木筏，浇上桐油，用火点燃之后，推入江中。这些燃烧在火船，在大风中飞奔着，在江风中越燃越旺，连同它们的倒影，照彻江水，把它变成一条宽广而明亮的光带。此时，长江北岸的清军与南岸的明军已经对峙整整三天，明军的精神已经高度紧张，看见那些火船，明军以为清军已经开始渡江，于是引燃他们的红衣大炮，万炮齐发。夜空中划过弧形的弹道，炮弹落在江里，又爆出巨大的火光。假如那不是战争，我想现场的人们一定会为江面上绽开的神奇的、亮丽的、恶毒的花朵而深感陶醉。

不知过了多久，那惊心动魄的火光终于沉寂下来，江岸陷入了更深、更持久的黑暗，像一片深海，寒冷而岑寂。对于明军来说，刚刚发生的一切，仿佛一场恍惚迷离、不可确认的梦。江面上，不见清军的一兵一卒。他们没有想到，那不过是多铎虚晃一枪。他们已经打完了所有的炮弹，此时，清军准备真正渡江了。

清军渡江时，鸦雀无声，草木不惊。所有人几乎屏住了呼吸，默默地、小心翼翼地潜到长江南岸，等明军发现时，清军已经近在眼前，还没等他们叫出声来，就见一道道白光闪过，在刺透黑夜的同时也刺透他们的脖颈。

那时，崇祯的哥哥、在南京被拥立为新皇帝的朱由崧，企图凭借长江天堑，守住半壁江山，这个政权，史称南明弘光政权。

只是这个新皇帝，丝毫未改这个家族骄淫的基因，在清军渡江的第二天，也就是五月初十的午后，在南京城温煦的春风和迷离的暖阳中，还在大内看了一出大戏。歌舞升平中，南京的官员，没有一人敢把清兵渡江这个破坏安定团结的消息报告给皇帝。

《鹿樵纪闻》说，为清军打开南京城门的，不是别人，正是钱谦益。此书记录的过程是这样的：当多铎率领大军到南京城下，看到城门紧闭，遂命一人上前大喊："既迎天兵，为何关闭城门？"就在这时，一个苍老的声音从城头上传下来："自五鼓时分，已在此等候，待城中稍微安定，即出城迎谒。"清兵问："来者何人？"对方答道："礼部尚书钱谦益！"[16]

但计六奇《明季南略》则说，多铎到时，是忻城伯赵之龙派人缒城出迎。当赵之龙准备迎接清军入城时，南京百姓在他的马前跪成一片，企求他不要把清军放进来。赵之龙从马上下来，对百姓说："扬州已经屠城，若不投降，城是守不住的，唯有生灵涂炭。只有竖起降旗，才能保全百姓。"[17]

清军兵不血刃地进入南京城时的场面，从许多时人的笔记中都可以看到。城破那日，已是五月十五。根据《东南纪事》的记载，多铎穿着红锦箭衣，骑马自洪武门冲进南京城的。赵之龙率公侯驸马、内阁大学士、六部尚书侍郎、六科给事中及都督巡捕提督副将等五十五人迎降。

礼部尚书钱谦益，就跻身于迎降的政府官员中，把屁股翘得老高，头紧紧贴在地上，做叩头状，多铎的马队已驰出很远，仍紧张得不敢抬起头来。

拒不参与迎降的官员也有很多，他们是：尚书张有誉、陈盟，侍郎王心一，太常少卿张元始，光禄丞葛含馨，给事蒋鸣玉、吴适，主簿陈济生等。

左都御史刘宗周、礼部侍郎王思任、兵部主事高岱、大学士高弘图等，皆绝食而死；太仆少卿陈潜夫，与妻妾相携，投河而死；后部主事叶汝苏也是与妻子一同溺死。

柳如是对钱谦益说，咱们死吧！钱谦益站到水里试了试，又缩回来，说他怕冷。

其实他不是怕冷，是怕死。

倒是柳如是不怕死，自己要"奋身欲沉池水中"，却被钱谦益紧紧抱住。

那一天，柳如是的心，一定比水还冷。

九

在柳如是看来，即使不死，也用不着去献媚。

甲申国破，文人们又纷纷离开家园，像当年的倪瓒那样，避入山林。其中有：傅山、王夫之、顾炎武、黄宗羲、方以智、冒襄、李渔……

张岱，那个曾经极爱繁华、好精舍、好美婢、好娈童、好鲜衣、好美食、好骏马、好华灯、好烟火、好梨园、好鼓吹、好古董、好花鸟的纨绔子弟，历经国变，在五十岁那年避入剡溪流域的山村，拒不与新政权合作。那时，曾历经繁华的他，身边只有破床碎几、折鼎病琴，与残书数帙、缺砚一方，鸡鸣枕上，夜气方回，想到自己平生繁华靡丽，过眼皆空，五十年来，总成一梦，给自己写下悼亡诗，准备自杀。

但他还是活了下来，因为他要把自己经历的历史和历史中的奇谈怪事写下来，于是在我的书案上，有了《陶庵梦忆》《西湖梦寻》《夜航船》《琅嬛文集》《快园道古》等绝代文学名著，我写此文，自然还会找来他花费二十七年时光所写的史学巨著《石匮书》。从他的《石匮书后集》里，我看见了钱谦益的身影，只是翻到《钱谦益王铎列传》那一页，发现竟是个白页，标题下只有一个"缺"字，看来是原稿遗散了，真是无比遗憾。

就像那一页所缺的，在那些入山隐居的士人中，不见文坛领袖钱谦益的身影。

钱谦益正忙着前往天坛拜谒英亲王阿济格。[18]

那一天，南京城陷入一片凄风苦雨，青色的城墙在雨水的冲刷中战栗着，风挟着雨在黑色的屋顶上咴咴地叫着，仿佛心事浩茫的叹息。从谈迁《国榷》中，穿越那些久远的文字，我终于看到了钱谦益苍老的身影，佝偻着，与阮大铖一起，穿越重重雨幕，去寻找他新的主子，一副丧家犬的模样。到了天坛，他在大雨中等待接见，都不敢往屋檐下挪动半步。

而那个负心人陈子龙，虽手无缚鸡之力，却在这关键时刻挺身而出，在清兵南下时，密谋抗清。顺治五年（公元1648年）五月，他在吴县被捕，审讯者问他为何不剃发，陈子龙答："吾唯留此发，以见先帝于地下也。"几日后，他被押解南京，路过松江时，趁守卫不备，纵身跳向水中。

他不怕水冷。

清军后来找到了他的遗体，用乱刃戳尸后，又丢弃在水中。

那一年，陈子龙三十九岁。

钱谦益的降、陈子龙的死，无不让柳如是感到椎心之痛。

十

柳如是不会想到，她所置身的那个帝国，本身就是一座更大的建筑、一座曲径交叉的花园、一台更加神异的变压器，它让每个人的命运都处于急剧的变动中，不到生命最后，谁也不知道会发生什么。

无论他们所拥有的个人空间能够在多大程度上落实他们的

意志，但是，这个空间终归是微小的。这个空间之外的一切似乎都不可掌控，一个更加浩大、多变、迷离的空间，也终将消磨和吞噬他们原有的空间。那个时代的历史叙事，在一定程度上就是依托这两个空间的关系转换来完成的。

关于这两种空间关系的转换，一位学者曾经说过一段非常精彩的话，在这里我只能照抄：

> 对任何一个社会人来说，有两件事对他拥有决定性的影响力，因而也成为他生活中的基本点，这两件事就是政治和爱情。政治代表公共生活，爱情代表私人生活。这两件事对人同样重要，然而它们在生活中所占的比重却不是平分秋色而是此长彼消的。如果政治的天地大了，那么爱情的领域就必然缩小，反过来也一样。有趣的是，凡是政治在人生活中占重要位置的时候都是出现政治灾难的时候，不是暴虐，就是腐败，或者干脆就是战乱。这时人们不得不用全身心来应付政治，爱情退居于无关紧要的角落。任何时代只要人们不得不全力应付政治，就表明他们的基本生存受到了威胁，政治关系到了人们物质形式的存在。假若苛政猛于虎，兵匪罗于门，国政到了一塌糊涂的地步，人们的生活乃至生命朝不保夕，这时候谁还有心思去歌唱

爱情，人们这时候只会无休止地歌咏政治，表达对统治者的怨怒。而如果一个地方、一个时代情歌很兴盛，那就说明此时此地政治的重要性减小了，政治收缩了它的领地，政治退隐了。而政治的退隐恰恰是政治的昌明。爱情是一种精神奢侈品，是人们在生活安全、安定的时候才油然而生的东西，爱情需要时间、需要精力、需要闲适，当然也需要财富；如果爱情成了人们生活的中心事件，那就表明人的生存条件已具有了基本保障，也就是说政治处于正常而良好的状态。[19]

具体到钱谦益与柳如是，他们"湘帘檀几，煮沉水，斗旗枪，写青山，临墨妙，考异订伪，间以调谑"的那副浪漫与美满，也在政局翻转的动荡中，戛然而止。

没过多久，绛云楼就燃起了一场大火。楼中那些珍贵的书卷册页，像鸟儿张开了羽翼，贪婪地吸吮着火焰。在空气中纷飞翻卷的锦绣册页，如风中的火蝴蝶，如天花乱坠。火焰的灿烂、灼目与邪恶，与清兵南渡时江面上奔跑的火光，有得一比。

绛云楼大火，被称为中国藏书史上一大劫难。

钱谦益自己则说："汉晋以来，书有三大厄。梁元帝江陵之火，一也，闯贼入北京烧文渊阁，二也；绛云楼火，三也。"

有人说，是绛云楼的名字没有起好。绛，是指大红色；绛云，似乎预示了这场大火所升起的红云。

清人刘嗣绾在《尚絅堂诗集》中写："绛云一炬灰飞湿，图书并入沧桑劫。"

十一

钱谦益向清朝摇尾乞怜，虽换得了礼部右侍郎的官职，但那基本是一个虚衔。钱谦益北上入京，柳如是没有相随，似乎以此表明她的政治态度。

陈寅恪说："牧斋（钱谦益字）在明朝不得跻相位，降清复不得为'阁老'，虽称'两朝领袖'，终取笑于人，可哀也已。"[20]

清廷的冷屁股，让钱谦益的热脸变得毫无价值。他终于明白，柳如是的判断都是对的，对柳如是，更多了几分折服。终于，他回到常熟，开始从事反清活动。

转眼到了康熙元年（公元 1662 年）除夕，已过八旬的钱谦益在城中旧宅的病榻上呻吟着，突然间想起了拂水山庄的梅花，心知自己无法再去看，叫柳如是拿来纸笔，他要写下几个字。

我不知那一天他都写了什么，只知道柳如是当年画下的《月堤烟柳图》，是他们永远回不去的家。

不知那时，他是否会记起，在《月堤烟柳图》的题跋上，他抄录了自己《山庄八景》里的一首诗：

> 月堤人并大堤游，
>
> 坠粉飘香不断头。
>
> 最是桃花能烂熳，
>
> 可怜杨柳正风流。
>
> 歌莺队队勾何满，
>
> 舞燕双双趁莫愁。
>
> 帘阁琐窗应倦倚，
>
> 红栏桥外月如钩。

陈寅恪先生点评："此诗'桃花''杨柳'一联，河东君之绘出实同于己身写照，所谓诗中有画，而画中有人矣。"

第二年，春天到来的时候，钱谦益撒手人寰。

钱谦益尸骨未寒，钱氏家族的人们就来催逼柳如是这个未亡人交钱交房产，否则就把柳如是和她的女儿赶出家门。面对这一片乱哄哄的景象，柳如是脸上掠过一丝不易察觉的笑，说：你们等等，我上楼取钱。

许久，她都没有下来。有人不耐烦了，说上去看看。推门时，见一白色身影，孝衫孝裙，静静地悬挂在房梁上。

第六章

如花美眷，似水流年

借助于纸的韧性，她们的容颜获得了抗拒时间的力量。

一

那十二位清艳的美人露出真容的时候，故宫中的人没有对它们给以特别的注意。如果放在今天，画面上的线条韵致，虽还算得上工巧，但在故宫的古画世界里，就显得微不足道了，像扬之水所说，画上的美女，固然"个个面目姣好，仪态优雅，却是整齐划一毫无个性风采"[1]。她们纤细的身影，被故宫成群的美女湮没了。北京故宫博物院收藏的美人图(或叫"仕女图")中，林林总总，不乏美术史上的经典，比如东晋顾恺之的《列女仁智图》(宋摹本)，唐代周昉（传）的《挥扇仕女图》，前文提到过的五代顾闳中的《韩熙载夜宴图》(宋摹本)，元代周朗的《杜秋娘图》，明代唐寅的《孟蜀宫伎图》《秋风纨扇图》，明代佚名的《千秋绝艳图》，清代改琦的《仕女册》……紫禁城本身就是一个搜集美女的容器，不仅搜集现世的美女，而且搜集往昔的美女。因为从本质上讲，美女是一种时间现象，就像四季中的花朵、朝夕间的云霞。如花美眷，似水流年，对于每个个体来说，容貌的美丽都不可能天长地久，只有回忆是永久的，所以历朝历代的画家，都用自己的画来挽留美女的青春，为这些理想女性留下一份以供追忆的标本。借助于纸的韧性，她们的容颜获得了抗拒时间的力量。于是，各个朝代的美女就这样云集在紫禁城里，紧密围绕在皇帝的周围。发自她们身体深处的幽香，混合着庭院里的花香，宫殿深处的木料陈香，以及麝香、瑞脑、龙涎的香气，在宫殿的上空形成了一种奇特味道，像一层若有若无的香蜡，把宫殿紧紧围裹起来。这些来路各异的美女，众志成城地强化了帝王的权力，使他们不仅可以占尽当世的美女，还可以占有过往的美女，使他们成为空间和时间上的真正王者。

1950 年的一天，新生共和国建立只有几个月的时间，北京故宫博物院的工作人员杨臣彬和石雨村轻轻推开库房的大门，在清点库房时，意外发现了一组巨大的绢画[2]，每幅有近两米高，近一米宽，轻轻掸去上面的尘土，十二位古装美人的冰肌雪骨便显露出来——每幅一人，她们的身形体量，与真人无异。我找来北京故宫博物院当时的院长马衡先生的日记，从 1950 年 1 月 1 日一路查到 12 月 31 日，没有对此事的任何记录，可见此事的微小。那一年，接收当年南迁文物北归，是北京故宫博物院的头等大事。1 月 26 日，一千五百箱文物运抵和平门，共十一车 [3]，许多宫殿变作库房，规模浩大的清点工作随即展开。或许，《雍亲王题书堂深居图》（以下简称《十二美人图》）[图 6-1]的发现，就是在这个时候。这些旧时代的美女，在新时代里羞怯地露个面，随即又在大海一样浩瀚的故宫文物中隐了身。

三十多年后，有人又重新提起它们。不是因为它们在艺术上让人难忘，而是在它们的背后有越来越多的疑问冒出来，它们的未知性，放大了它们本身的魅力。

二

首先，没有人知道它们的作者，因为画上没有款识。许多美术史家发现它黑骨立架，然后逐层用彩色烘染的画法与利玛窦带来的西洋画法吻合，从而推测它们与郎世宁有关，因为郎世宁进入宫廷，又刚好是康熙雍正两朝之交，他给康熙、雍正两位皇帝画的画像至今犹存，当然，这个范围还可以扩大，因为还有几位供奉内廷的著名画家的画风都与这十二幅美人图的画风相近。

其次，没有人知道这些美人是谁。她们身份可疑，来历不明，带着各自的神秘往事，站立在我们面前。画中的闺房里有一架书法屏风，上面有"破尘居士"的落款，还有"壶中天""圆

［图 6-1］
《雍亲王题书堂深居图》屏，清，宫廷画师
北京故宫博物院 藏

裘装对镜

捻珠观猫

烘炉观雪

倚门观竹

立
持
如
意

桐荫品茶

楼娥口
山妆胭脂料
仔春風半啼
時移心情索消
蓮榻編秋辰又
秋思
朱元帝

观书沉吟

有清音

消夏赏蝶

烛下缝衣

博古幽思

持表对菊

倚
榻
观
鹊

明主人"这两方小印，透露了它们与雍正的关系，因为这些都是雍正（胤禛）在 1723 年登基以前所用的名号，仔细辨识，"破尘居士"在屏风上龙飞凤舞写下的那首诗是：

> 寒玉萧萧风满枝，
> 新泉细火待茶迟。
> 自惊岁暮频临镜，
> 只恐红颜减旧时。

> 晓妆楚楚意深□，
> 多少情怀倩竹吟。
> 风调每怜谁识得，
> 分明对面有知心。

从乾隆时期搜集编辑的《世宗宪皇帝御制文集》卷二十六中，我们可以查到雍正皇帝《美人把镜图》四首，其中前两首是：

> 手摘寒梅槛畔枝，
> 新香细蕊上簪迟。
> 翠鬟梳就频临镜，

只觉红颜减旧时。

晓妆鬌扦碧瑶簪，
多少情怀倩竹吟。
风调每怜谁解会，
分明对面有知心。

　　与美人图中屏风上的文字只有几字之差，《世宗宪皇帝御制文集》的版本，很可能是后改的，曾任北京故宫博物院副院长的杨新先生认为："这是草稿与定稿的区别，从遣词措意来看，显然画面上的是草稿。"[4] 但无论怎样，这些诗稿，把目标锁定在雍正身上。

　　黄苗子先生早在 1983 年就曾断言，这些美人都是雍正的妃子[5]，三年后，朱家溍先生从清代内务府档案中发现了一条记载，记录了雍正十年从圆明园深柳读书堂围屏上"拆下美人绢画十二张"，正是杨臣彬和石雨村清点库房时发现的那十二幅美人图。清宫档案把它们称为"美人绢画"，已经证实了她们根本不是雍正的妃子，因为根据惯例，它们不能如此称呼皇帝的妃子，应当记为"某妃喜容""某嫔喜容"，如贸然地称为"美人"，则颇显不敬。[6]

艺术作品具有虚拟性，我们不必纠缠于她们的原型，正如同我们不必查明《清明上河图》里的每一处地址。然而，宫廷人物画或许是例外，它是为皇室服务的，它的首要目的，是为皇室成员留下真实的影像，而不是一般意义上的艺术创作。杨伯达先生曾经指出，朝廷对后妃画像的控制十分严格，有一整套严格的制度，要"经过审查草稿，满意之后，才准其正式放大绘画"[7]。巫鸿在《重屏》一书中对这些后妃画像的特点做了如下总结：

此种正式宫廷肖像又称为"容"，其中人物必定穿着正式的朝服，而画像本身则具有仪式的功能，这类作品采用了一种共同的绘画风格，包括不画背景，也没有任何身体活动和面部表情。固然有些宫廷肖像画传达出一种更强的个性感，或体现了西洋绘画技巧的影响，但它们都没有违背这类绘画的基本准则：作为一种正式的肖像画，"容"必须呈现出皇后或皇贵妃的绝对正面，背景则要保持空白。对象的个人特点被减少到不能再少，人物几乎被简化为看不出彼此区别的偶像。形象功用似乎主要是以展示满式冠饰和绣有蟒龙的皇家礼服来表明人物的种族和政治身份。[8]

与这种仪式性的后妃肖像相比，《十二美人图》所营造出的动感妖娆的女性空间，似乎已经排除了她们的后妃身份。如果我们把她们的面貌与北京故宫博物院收藏的雍正王朝妃嫔们的半身画像进行对照，我们同样可以印证她们并非雍正妃嫔。

但是，新的问题来了——假如她们是虚拟的人物，她们的面孔，为什么又在其他的宫廷绘画中出现？在绢本设色《胤禛行乐图》之"荷塘消夏"中，有一名美女的容貌和发式，与《十二美人图》之"消夏赏蝶"中的女子一模一样；在《胤禛行乐图》之"采花"中，这一美人又出现了[图6-2]。这似乎在暗示我们，这个人，绝对不是一个无关紧要的人。杨新先生经过反复研究，给出了自己的答案，认为这个同时在《十二美人图》和《胤禛行乐图》中出现的美人，就是雍正的嫡福晋、后来的皇后那拉氏[9]。

杨新先生的层层考证推理，犹如抽丝剥茧，条理清晰，但旧的问题依旧未解，即：当内务府在雍正十年从圆明园将这些美人图拆下的时候，那拉氏早已当了十年皇后，在档案中怎可能将她的画像记为"美人图"？如果说《十二美人图》之"消夏赏蝶"中的女子在《胤禛行乐图》中出现过，那么，假如我们把目光再放长远，更多的"相同"抑或"相似"便会层出不穷，比如《十二美人图》的第一幅"裘装对镜"，无论人物相貌、神态、服饰、动作，甚至衣裙的纹路，都与宋代盛师颜《闺秀诗评图》[图6-3]中的

[图6-2]

《胤禛行乐图》轴之"采花"（局部），清，宫廷画师

北京故宫博物院 藏

女子恍如一人，连垂放在体侧的葱葱玉指，都如出一辙，我们当然不能就此判断，那名"裘装对镜"的美女是生于宋代，"穿越"来到了大清的宫廷。

最合理的解释是，美人图也已经历了一场"格式化"的过程。自魏晋流行列女图以来，历经唐宋，直至明清两季，对美人的画法早已定型，变成了一个可以复制的符号体系。美人的标准被统一了，如宋代赵必象所写的："秋水盈盈妖眼溜，春山淡淡黛眉轻。"所有的美人都大同小异，那些精致的眉眼、口鼻，成为艺术产业链条中的标准件。这种格式化，是女性面容在经过男性目光的过滤以后得出的对"美"的共识，在这些美人图的组织下，女性面容立即超出了个人的身体，与一个更加庞大的符号体系相连，这个更加庞大的符号，是由哲学、美学、伦理学、心理学、性学等等共同构建的。明代佚名的《千秋绝艳图》，描绘了班姬、王昭君、二乔、卓文君、赵飞燕、杨贵妃、薛涛、苏小小等六十多位古典美女的图像，是真正的美女如云，但仔细打量，发现所有人的面貌都像是从一个娘胎里出来的，一律的修眉细目；假如再把清代费丹旭笔下的《昭君出塞图》和陈清远的《李香君小像》拿来比对，我们也很容易把这两个不同朝代的美女当作孪生姐妹。

所有美到极致的事物都是脆弱的，美人的脸，更是不堪一

[图6-3]
《闺秀诗评图》轴，宋，盛师颜（明摹）
美国弗利尔美术馆 藏

第六章　　如花美春，似水流年　　229

击，无须外力施压，只是在时间中静默等待，那份美丽就会在一分一秒中荒芜。对每个生命而言，时间是最大的压力，而最能体现时间流逝的，不是钟表，而是女人的脸，因为钟表周而复始的运行，只会让人错觉时间可以失而复得，只有美人的美貌，让人知道什么叫一去不返。美人的脸上，记载着时间的细微变化，比钟表更加形象、更加生动，也更加准确。这并非建立在男性的优越感上，男人的面孔，当然同样面对着时间的考验，但在中国古代面容意识形态中，男人脸不是审美的对象，因此，从美的角度上看，它的价值几乎可以忽略不计。

美人图像的格式化带来的好处是，它模糊了个体之间的差别，使得那些消逝的芳魂可以借助另一个身体复活，躯体可死，但容颜永存，那些似曾相识的美丽的面孔，就这样穿越了无数个前世今生，来到我们面前。它带来的坏处，也是它模糊了个体之间的差别。面容的价值，就在于它的识别性——它的第一价值不是好看不好看，而是将一个人从人群中识别出来，在社会的网络中找到自己的定位，"面容之下存在着一个独一无二的躯体"[10]，这使人的面孔超越了身体的其他部位，具有单独的意义，它是将个人与社会网络连接起来的接口——即使在今天，确定个人的最重要符号，仍然是身份证或者护照上的标准像，而不是指纹，尽管指纹比面容更具有唯一性。托尔斯泰在《复活》

中曾经这样描述一张面庞：

> 对了，这个人就是她。现在他已经清楚地看出来那使
> 得每一张脸跟另一张脸截然不同的、独一无二的、不能重
> 复的脸。尽管她的脸容不自然地苍白且丰满，可是那特点，
> 那可爱的和与众不同的特点，仍旧表现在她的脸上，她的
> 嘴唇上，她的略微斜睨的眼睛里，尤其是表现在她那天真
> 而含笑的目光里，不但她脸上而且她的周身都流露出来的
> 依顺的神情里。

博尔赫斯在《沙之书》中告诉我们："隐藏一片树叶的最好
地点是树林。"[11] 而美人图，则使一张具体而生动的面容变成
极易隐藏的树叶，使得我们无法将一个人的生命与另一个人决
然分开。在审美目光的驱使下，面容的可识别性大为降低，这
让我想起今天的整容术，想起美容院的流水线上炮制出的"标
准美人"，那是一张张肉身版的美人图，是试图通过他者（相对
于个人，群体就是他者；相对于女人，男人就是他者）目光实
现自我确认的一种努力，人造美人们忘记了一点，即面容的首
要价值是将自己作为鲜活的个体与他人相区分，而不是混同。
对于这种以他者为主导的面容意识形态，波伏瓦在《第二性》首

卷开篇引用法国哲学家普兰·德·拉巴尔的话说："但凡男人写女人的东西都是值得怀疑的,因为男人既是法官又是当事人。"[12]波伏瓦在该书导言中进一步阐释道："两性关系不是正负电流、两极的关系：男人同时代表阳性和中性"。[13]

这十二张画像中的女子，即使如杨新先生所说，有着具体的指向（那拉氏或其他什么妃嫔），那么，那张具体的面容，也可能就此消失在格式化的美人图中，难以辨识。尽管画中的器物可与清宫旧藏相对应，有些面孔也似曾相识，但人物的原型却若隐若现。从绘画性质上看，《十二美人图》纳入历代美人图的序列[14]，而不能视为后妃画像。

在经过无数专家学者缜密的考证之后，图中美人的身份依旧秘不示人，古画似乎要透露许多信息，却欲言又止。

三

但疑问并没有就此止步，旧的疑案尚未理清，新的困惑已接踵而来——更大的"问题"，不是出现在她们的脸上，而是在她们的服饰上。

了解清代历史的人都知道，清军入关不久，由于在文化上缺乏自信，最担心的就是自己被汉化，于是提出"国语骑射"的口号，要求所有旗人，第一要讲满语、用满文，第二要娴熟

骑马射箭，第三要保持满洲服饰，第四要保留满族风习，第五
要遵奉萨满教。[15] 对于汉化的恐惧渗透到文字上，清朝统治者
对"汉""明"这些文字有着超常的敏感，清代文字狱，在雍正
手里登峰造极。一个名叫徐骏的进士只因诗中有一句"明月有
情还顾我，清风无意不留人"，就被神经过敏的雍正皇帝砍了头，
所有文稿尽行焚毁。如同我在《秋云无影树无声》写到的，他
的儿子乾隆更是青出于蓝而胜于蓝，创造了中国封建专制史上
文禁最严、文网最密的"文字狱高峰"。其中，乾隆四十八年，
公元 1783 年，李一《糊涂词》有"天糊涂，地糊涂，帝王帅相，
无非糊涂"之句，被河南登封人乔廷英告发，富于戏剧性的是，
帝国捕快在举报人乔廷英的诗稿里也发现了"千秋臣子心，一
朝日月天"之句，日月二字合为明，于是，检举人和被检举人
皆被凌迟处死，两家子孙均坐斩，妻媳为奴。

　　仅从服饰方面而言，自皇太极开始，每个帝王都颁布法令，
严禁各旗成员（不论是满、蒙或汉旗）穿戴汉族服饰。比如皇
太极曾在崇德三年（公元 1638 年）指出："有效他国（指汉族）
衣冠束发裹足者，重治其罪。"嘉庆皇帝在嘉庆九年（公元 1804
年）下诏：

　　　　镶黄旗都统，查出该旗汉军秀女内有缠足者，并各该

秀女衣袖宽大，竟如汉人装饰，著各该旗严行晓示禁止。……
此行恶习，关系甚巨。著八旗满洲、蒙古、汉军都统、付都
统等，随时详查。如有衣袖任意宽大，及如汉人缠足者，有
违定制者，一经查出，即将家长指名参奏，照违制例治罪。[16]

也就是说，对于清朝统治者来说，服装的款式问题绝不仅
仅是个人生活的小节，而是大是大非的原则问题，有许多人因
为衣冠不恰当的而掉了脑袋，尤其在明末清初和清末民初，发
型问题关乎一个人的政治立场，留发还是留头的问题也成为性
命攸关的选择。满族的发型制度叫"薙发"，清朝夺取全国政权
的第二年，顺治皇帝就下旨："限旬日尽行薙完……朕已定地方
仍存明制、不守本朝制度者，杀无赦。"[17]朝廷命令剃头匠（薙
匠）挑着剃头担子走街串巷为人剃发，如见到蓄发者，可以强
行剃发，如有不从，就把他的脑袋直接砍下来。那时的剃头担
子上都竖着一根杆子，就是用来悬挂人头的。剃头担子竖着一
根杆子，这一遗风一直流传到民国时期。[18]在清初，剃头匠几
乎与刽子手成了同行，一名剃头匠，不知一天会收割多少个人头。
钱澄之曾经记录，在新城有一介书生，不肯留辫子，被抓入监牢，
官员问他，是选择留辫子（"薙发"），还是选择死，他说，选择
死，于是就把他的头剃了下来。在整个有清一代，是否穿汉服，

也不仅仅是一种审美选择，也同样表明了一个人的政治立场。吕留良曾经在他的《秋行》诗中写下这样的句子："风俗暗相易，衣冠渐见疑。"[19] 意思是风俗已经在不知不觉中发生了改变，每当他身穿明朝汉族服饰出门，都会引起别人的怀疑和敌视。

令人匪夷所思的是，当我们把目光由《十二美人图》上那些标致的面孔移向她们的衣饰时，我们会发现更具震撼性的细节——她们身穿的一律是汉服。只是她们的花簪头饰，不经意间透露了她们的满族身份。比如那位"裘装对镜"的美人，头戴"金累丝凤"，正是清代后妃头饰的一种。这些满族女子，为什么不约而同地穿上汉服？或者说，雍正（胤禛）为什么让她们以汉族少女的面目出现？那时他已当上皇帝，抑或只是皇四阿哥？假如作画时他未曾承继大统，那么他又为什么如此"嚣张"，居然置皇旨国法于不顾？……

快三百年过去了，"我们似乎注定永远地站在雾障烟迷的彼岸"，"随着研究者对于图中信息的破译愈为深入，画面之于现代观众反而愈显隔阂"。[20] 这些无名无姓的娇弱女子，在窥视着那个铁血王朝怎样的秘密呢？

四

巫鸿在《重屏》一书中分析道，"严厉的官方法令似乎只是刺激了法令制定者对其公开禁止的事物的私下兴趣”，“这种对汉族美人的异族情调及她们的女性世界的私下兴趣，直接导致了她们的形象在清代宫廷中的流行并被不断复制”。[21]巫鸿认为，“创造她们、拥有她们和对她们的空间占有不仅满足了一种私密的幻想，而且满足了一种对被征服的文化与国家炫耀权力的欲望”[22]。

我把这段话理解为：雍正皇帝通过禁忌来展现自己的权力，因为受到禁忌的是其他人，而作为帝王，自己是不受任何禁忌约束的。但问题是，当宫廷画家画下这组美丽的图像的时候，雍正（胤禛）还不是皇帝，此种意淫，对“创造她们”的雍正（胤禛）来说也还早了点。

根据画上的款印，我们很容易判断这组画产生的时间。正如前文已经说过的，“破尘居士”的落款，还有“壶中天”“圆明主人”这两方小印，都是雍正（胤禛）在 1723 年登基以前所用的名号，由此我们基本上可以断定，这组美人图，是雍正（胤禛）1723 年登基以前的作品，而它们的时间上限，应该是 1709年，因为在那一年，胤禛的父亲康熙把圆明园赐给了他，胤禛真正成为“圆明主人”[23]。1709 至 1723 年的胤禛，还没有登上皇位，没有成为“雍正”，在他面前展开的，是皇子争位的残酷画面，他还没有获得最高权力，甚至连个人安危都无法保证，根本谈不上"炫耀权力"。

康熙共有三十五个儿子，康熙驾崩时，年满二十岁的皇子共有十五人，按降临世上的先来后到排列，分别是：老大胤禔、老二胤礽、老三胤祉、老四胤禛（即下一任皇帝雍正）、老五胤祺、老七胤祐、老八胤禩、老九胤禟、老十胤䄉、老十二胤祹、老十三胤祥、老十四胤禵、老十五胤禑、老十六胤禄和老十七胤礼。在这十五名皇子中进行的如火如荼的争位斗争，是一场漫长的马拉松，最后的胜利，不属于最有爆发力的人，而是属于最有耐力的选手。胤禛就是这样的选手，他含而不露，引而不发，埋伏在暗处，静观时局，等待潜在的对手一一犯规，被罚出场外，他才不紧不慢地登场亮相。

康熙大帝 1654 年生，1662 年八岁时登基，这个小学二年级的小朋友，于是成为名副其实的"少年天子"，到 1722 年去世，他在位六十一年。康熙大帝漫长的执政生涯，使自己的儿子继承皇位的时间一再地延后。祸福相依，至少对于在这场疯狂的比赛中不能占得先机的雍正来说，老爸执政时间长是一件好事，因为这给雍正争取到了足够的时间，也使他足够成熟。发令枪一响，跑在最前面的，是二哥胤礽，康熙十四年（公元 1675 年），康熙将年仅两岁的胤礽册立为正式接班人，从此拉开了皇位争夺战的序幕。随着胤礽慢慢长大，他过早地发力，显露出不可一世的肤浅，不仅凌虐宗亲贵胄，而且鞭挞平郡王纳尔苏、贝勒海善等人，坏事做得太多，很快成为众矢之的；而长达四十多年的等待，又折损了这个老太子的耐心，使他终于露出了狐狸尾巴。康熙四十七年（公元1708年），胤礽在陪同康熙大帝出巡塞外途中，每到夜晚就在老爸的帐篷外面转悠，窥探父皇的动静，引起了康熙的警觉，认为他要发动政变，一张红牌就把他罚下了。史景迁说："胤礽身为太子，受到悉心栽培，但集三千宠爱于一身的胤礽，终难逃脱宫廷拉帮结派的腐败生活纠缠，满人贵族的世袭阶序因而被打乱。"[24] 这时，老大胤禔看到了机会，但康熙很快表明"并无欲立胤禔为皇太子之意"[25]，让他踏踏实实地死了心。此时奋勇争先的，是康熙的第八子、雍正同父异母的弟弟胤禩，但康熙同样没有看上他，劈头盖脸把他数落一番。康熙五十五年（公元1716年），康熙从热河返京，途中要在畅春园小住，当时胤禩伤寒病重，在临近畅春园的园子里垂死挣扎，康熙仍然下旨，要他腾地方，搬到城里的府里，以免康熙受到传染，父子之血肉亲情，至此已降到冰点。胤禩的受挫，让三哥胤祉和排行十四弟胤禵精神抖擞，跃跃欲试……

兄弟间就这样撕破了脸面，变成了仇敌，忘记了任何亲情，陷入一场残酷凶狠的淘汰赛。这场宫廷风暴的惨烈程度，比一个王朝推翻另一个王朝的战争毫不逊色，就像《红楼梦》里贾探春所说的："咱们倒是一家子亲骨肉呢，一个个不像乌眼鸡似的，恨不得你吃了我，我吃了你！"[26] 其实康熙早就痛苦地意识到，自己确定接班人，本是为了平息皇子之间的争斗，实现权力的顺利交接，没想到适得其反，在皇帝宝座的召唤下，他的儿子们早已变成了野兽，展开了一场疯狂的争抢。他们从小受到的儒家教育、所有关于仁义孝悌的信条，以及父皇有关"少时血气未定，戒之在色，壮时血气方刚，戒之在斗"[27] 的谆谆教诲，在他们的心里早已成了垃圾，只有弱肉强食的丛林法则，是宫殿里颠扑不破的绝对真理。胜者的奖品，是那把金光闪闪的皇帝宝座，但胜率，却只有十五分之一，不到百分之七。这是一场只有金牌，没有银牌和铜牌的比赛，留给失败者的，只有万丈深渊——雍正（胤禛）登基以后的事实证明了这一点，在胜利的喜悦中，这位金牌获得者没有忘记狠狠打击自己的竞争者，"宁可错杀一千，也不放过一个"这一政治铁律，在自家兄弟的身上同样适用。对于胤礽、胤禔这两位被康熙幽禁起来的"死老虎"，雍正皇帝没有网开一面，而是继续关押，使他们分别在雍正二年和雍正十二年死去。七弟胤祐，雍正八年死。八弟胤禩，在幽禁中被活活折磨致死。血淋淋的现实教育了九弟胤禟，他公开表示："我将出家离世！"但雍正没有给他机会，而是将他逮捕囚禁，强迫他改名"塞思黑"，翻译成汉文，就是

"狗"的意思，也有人说，它的准确意思是"不要脸"；总之从那一天起，他身边的人们都以"塞思黑"来称呼他，直到他因"腹疾卒于幽所"，据说，他是被毒死的。十弟胤䄉和十四弟胤禵也没有逃脱雍正的专政铁拳，被监禁，直到乾隆登基后才被释放。十五弟胤禑被雍正发配到遵化为康熙守陵，在荒草枯杨间打发自己的青春。

老三胤祉和老五胤祺，没有参与这场你死我活的血腥角逐，他们早就弃权了，但雍正并没有因此而放过他们，他把胤祉发配到遵化为康熙守陵，由于胤祉说了几句埋怨的话，给了雍正口实，又把他幽禁致死，胤祺也在雍正十年郁郁而死。

只有十三弟胤祥和十七弟胤礼，由于支持雍正夺权，在复杂的政治斗争中站对了队伍，在雍正登基后受到重用，得以善终。

雍正时代，杀人技术方面也取得了长足的进展。据闻当年有一种新式杀人武器，名曰"血滴子"，令人闻之丧胆。这一武器"形浑圆，似球，中藏快刀，刀之旁有机关，如弹簧式"[28]，每当遭遇猎物，帝国杀手就会把"血滴子"罩在对方的头上，按动机关，那颗新鲜的头颅就会被"血滴子"整齐地收割，"虽在大庭广众之间，亦仓猝不及觉也"。"血滴子"成为雍正专政的恐怖时代的"形象记忆"。

雍正六年（公元 1728 年），大清帝国发生了一件影响深远的案件：湖南秀才曾静曾经给川陕总督岳钟琪投书，怂恿他起兵反清，给雍正列出十大罪状："谋父""逼母""弑兄""屠弟""贪财""好杀""酗酒""淫色""怀疑诛忠""好谀任佞"。[29] 曾静据此劝说岳钟琪起兵造反，这封书信几乎让岳钟琪吓破了胆，他立刻逮捕了曾静，经过诱供，得知曾静的思想是受了江南文人吕留良《四书讲义》中"义之大小"大于"君臣之伦"[30] 的思想影响，认为"华夷之分大于君臣之伦"，从而给反对清朝皇帝提供了理论依据。雍正立刻根据对曾静的审讯材料，组织官方的写作班子编写《大义觉迷录》一书进行反击。曾静关于康熙被毒死、雍正篡位、杀害同胞兄弟这些说法到底是事实还是恶毒攻击，至今众说纷纭，莫衷一是，成为历史学界的难解之谜，但这些罪状，多少反映了雍正在当时民间的形象，以及民间对于皇权的暴力性的认识。

庄严壮丽的宫殿，因此而具有两种截然相反的功能。一方面，他是胜利者的天堂，是权力和野心的纪念碑。太和殿，是大地上海拔最高的建筑，也是人间权力的至高点，站在它上面的，是奉上天之命统治人间的"天子"。宫殿的一切，无不体现着胜利者的意志，表明着胜利者的骄傲，强化着胜利者的权力。这是宫殿的"阳极"，与之相对，宫殿是失败者的地狱，每一座囚禁他们的宫殿，无不外表华丽而内部破烂，宫殿在为胜利者提供极致服务的同时，也对这些失败者进行着残酷的虐待。宫殿每天都在展现着它的天堂性质，而作为地狱的宫殿，却隐在暗处，讳莫能深，所以，它是宫殿的"阴极"。

由阳极向阴极的转场是迅雷不及掩耳的，宫殿中的每个人角色，都不能预测在下一刻会发生什么。在这场漫长的战斗中，皇太子的地位犹如可怕的咒语，谁站到了这个明处，谁就会立刻成为众矢之的，被来路不明的明枪暗箭射成筛子。所以，雍正（胤禛）的策略是后发制人，等争夺皇位的排头兵们都成了强弩之末，自己才挺身而出。

1709 年，胤禛年轻的面庞被一座大园粼粼的水波照亮，那一年，他三十一岁。他的老爸康熙大帝，那一年五十五岁。前面已经说过，一年前发生了一件震动朝廷的大事，就是太子胤礽被废，但皇太子这张巨大的馅饼暂时还不会落到老四胤禛的头上，这样的形势，让他变得淡泊名利起来。得赐圆明园，既可以使他暂时躲开宫殿这个巨大的陷阱，有了一个可以归隐的场所，又可以迷惑对手，进可攻，退可守。因此，作为皇家宫苑的圆明园，就兼具了阴阳两种性质，它既是远离尘嚣的世外桃源，又是向宫殿发起进攻的桥头堡——很多年后，慈禧太后退休后居住的颐和园，也具有同样的性质。雍正（胤禛）登基后第三年（公元 1725 年）把圆明园，而不是紫禁城当作自己处理政务的中心，明确了它的办公和度假的双重功能，也更强化了它的阴阳同体的性质。

因此我们可以断定，1709 至 1723 年之间的雍正（胤禛），也是一个阴阳同体的"双面人"，他一方面在圆明园阴性的水光间流连忘返，另一方面又惦记着大地上凸起的阳性的宫殿。有意思的是，整整三百年后，2009 年，两岸故宫举行的首次合展，居然就是"雍正大展"。2012 年 11 月，我陪同郑欣淼先生到深圳与周功鑫先生对话，刚刚卸任不久的两岸故宫院长都述说了对"雍正大展"的怀念之情。那次大展上出现的雍正图像，为这个阴阳同体的"双面人"提供了直观的证据——身穿朝服的雍正（如《雍正朝服像》《雍正观书像》《雍正半身像》等），是宫殿中神色凛然的皇帝；而身穿便服（特别是汉装）的雍正，则一副仙风道骨的世外高人形象，在《胤禛行乐图》册页中，他要么乘一叶扁舟，要么在水边抚琴［图 6-4］，要么在书房写字，要么身披蓑衣、寒江独钓，更不可思议的是，他还穿上洋服，戴上西洋人的卷曲发套，手持钢叉，去降伏猛虎［图 6-5］……巫鸿称之为"清帝的假面舞会"[31]，并说："在雍正之前，不论是汉族或满族皇帝都不曾有过这样的画像，因此雍正为何别出心裁，以如此新奇的方式塑造自我形象就成了一个很有意思的问题。"[32] 这些画面在传达着这样的信息：雍正皇帝绝不是一

《胤禛行乐图》册页之"松涧鼓琴"，清，宫廷画师

北京故宫博物院 藏

[图6-5]
《胤禛行乐图》册页之"刺虎",清,宫廷画师
北京故宫博物院 藏

个刻板、严肃的皇帝，而是一个好玩儿的士大夫。难怪阎崇年先生感叹："雍正皇帝的性格特点，具有两面性：说是一套做是一套、明处一套暗里一套、外朝一套内廷一套。"[33] 还说："雍正登上皇帝宝座之前和之后，表现出两种性格、两张面孔和两副心肠。"[34] 实际上，透过雍正平生所作所为，我们还可以找出许多对立的两极，比如宽宏与严酷、简朴与奢侈、崇佛与重道、科学与迷信……所有这些，共同构成了雍正捉摸不定的精神世界。

当社会上盛传老八胤禩、老九胤禟和老十四胤禵最有可能成为皇位的正式接班人时，他的内心充满了痛苦和懊丧。他用自己的诗，表现自己的失意、落寞和惆怅：

郁郁千株柳，

阴阳覆草堂。

飘丝拂砚石，

飞絮点琴床。

莺啭春枝暖，

蝉鸣秋叶凉。

夜来窗月影，

掩映简偏香。

　　这首诗是描写他居住的深柳读书堂的，在这幅优美、闲逸、静谧的图画中，潜伏着某种骚动与生机。巫鸿认为，诗中的柳是用来暗指女性的，因为"'柳腰'和'柳眉'这样的字眼可以用来描绘美女。'柳夭'和'柳弱'表现了夸张的女性特质，'柳思'是'相思'的双关语，是女子特有的愁绪。而'柳絮'有时暗示有才学的聪颖女子。在这种文学和语言传统中，雍正诗中的模糊性应该是有意为之的。"[35] 类似的诗并不少见，所以我们当然不能把它们当作简单的隐逸诗来看，而是从透过他的诗歌意象，破解潜藏在他心灵深处的精神密码。

　　比如这首《竹子院》：

　　　　深院溪流转，
　　　　回廊竹径通。
　　　　珊珊鸣碎玉，
　　　　袅袅弄清风。
　　　　香气侵书帙，
　　　　凉阴护椅栊。
　　　　便绢苍秀色，
　　　　偏茂岁寒中。

　　根据巫鸿的理论，通常用来象征名士的高洁精神的竹子，在这首诗中被转喻为一个深居闺阁的女子。这无疑再次印证了圆明园的阴阳同体的性质。此时，当我们再度打量《十二美人图》，我们就会惊讶地发现，竹子居然是《十二美人图》中一个通用的符号，在每幅图画上都出现过——有的出现在窗外，有的出现在庭院，有的出现在案头（撷下的一枝），也有的出现在墙上的画轴中。这显然是贯彻了雍正（胤禛）这首《竹子院》中对高洁美女的隐喻。雍正（胤禛）的"圆明园诗作"，为我们破解《十二美人图》之谜提供了一把特殊的钥匙。他要在这些美丽的女子身上寻找情感的依托，而不是展现他"对被征服的文化与国家炫耀权力的欲望"。

五.

　　明末清初一个名叫卫泳的文人，在《悦容编》一书中写道："丈夫不遇知己，满腔真情，欲付之名节事功而无所用，不得不钟情于尤物，以寄其牢骚愤懑之怀。"[36] 这几乎是中国最早论述美人的专著，是那个年代里的《第二性》。它在"丈夫"与"尤物"，也就是名士与美人之间，找到了某种天然的对应性。早在战国时期楚国的《离骚》中，屈原就以香草美人自喻，将阴阳双方之间的精神呼应关系提升到审美的高度，明代名士与名妓之间的眉来眼去，则是对其的现实印证，雍正（胤禛）的"圆明园诗作"则以竹子为媒介，将二者紧紧地连接起来。

除了深柳读书堂，他还喜欢"四宜书屋"，他把"四宜"总结"春宜花，夏宜风，秋宜月，冬宜雪"[37]，还把后来的诗集定名为《四宜堂集》。但圆明园的风花雪月，掩盖不住雍正（胤禛）在这场政治斗争中所受的煎熬，很多年后依旧难以平复——他对竞争者的报复行为，就是这种持续煎熬所带来的强势反弹。出生帝王家，既是大幸，又是大不幸。大幸者，在于他们钟鸣鼎食，成为全天下最高物质享乐的拥有者；不幸者，在于他们置身于全天下最恶劣的生存环境中，皇室身份不能将他们的身体与死亡隔离开，相反，只能与它离得更近。寝宫里楠木包镶床的温软舒适、铜烧古甪端在夜色里漫溢出的清淡芳香，都不能保证他们做一个好梦。在他们的梦里，没有《雍正行乐图》册中的荒天古木、鱼跃鸢飞、一窗梅影、一棹扁舟，没有空灵高蹈的莼鲈之思、濠梁之乐，有的只是肉体在刀刃的丛林里本能的抵抗。这些恐怖的梦，映照着血腥的现实，唯有圆明园，看上去更像一场不切实际的梦，这或许是雍正登基以后仍喜欢继续待在圆明园的原因。生为皇室成员，生存的依凭不是伟大的正义、高尚的道德和精神的伸张，却是靠人性中未被文明抹杀的野蛮和狼性，它是一种力气活，只有最凶猛者才能笑到最后。

雍正的凶猛，通过曾静的痛斥在当时就迅速扩散。曾静说："圣祖（康熙）在畅春园病重，皇上（雍正）进了一碗人参汤，不知如何，圣祖就崩了驾，皇上就登了位。随将允禵（胤禵）调回监禁，太后要见允禵，皇上大怒，太后于铁柱之上撞死。"

无论雍正是通过何种方式度过了自己生命中的"危险期"，也无论雍正是不是曾静描述的那个残忍无道的暴君，但他仍是一个人，仍然在内心里守护着别人无法察觉的情感。每个人心中都有无法向他人展现的角落、无法诉说的痛楚，皇帝也不例外。甚至，皇帝的孤独更加深刻。华丽的深宫、如云的美女，以及俯首帖耳的千百臣工，都不能消除他的孤独，相反会加深这种孤独，因为最深刻的孤独，是在人群中的孤独。所谓皇帝，就是永远与众人相隔的那个人，宫廷的禁忌不是在保护皇帝，而是在放逐皇帝，把他放逐到远离人群的地方。雍正囚禁了自己的大部分兄弟，这等于囚禁了自己，因为他通过无所不能的权力把自己孤立起来，到达了连父母兄弟都无法抵达的远方。他在伤害自己亲人的同时，也最大限度地伤害了自己。

《礼记》上说："天无二日，土无二王，国无二君，家无二尊。"[38] 皇帝永远是单数，不可能是复数，这决定了在有生之年，他不可能找到自己的同类，不可能有一个对象，让他说出贴心贴肺的话，因为他的每一句话——尤其是真话，都可能泄

露权力的核心机密,给自己带来灭顶之灾。雍正意识到了这一点,
但他欲罢不能, 他不愿放弃权力来换取朋友, 那他就必须忍受
这种孤独。他开始疯狂地酗酒,从而坐实了曾静在雍正十大罪
状中对于他"酗酒"的指控。在《花下偶成》一诗中, 他把己
身的落寞写得深入骨髓:

> 对酒吟诗花劝饮,
> 花前得句自推敲。
> 九重三殿谁为友,
> 皓月清风作契交。[39]

　　在雍正之前,清朝的前两位皇帝都被这种如影随形的孤独
折磨得死去活来。大清帝国入关后的第一位皇帝顺治,整顿吏治、
兴利除弊、亲善蒙古、治理西藏、攻灭南明、统一中国, 为这
个统治着比自身民族人口多出约五十倍的多数民族的王朝完成
了最初的奠基工程,但将他置入茫然无措的黑暗境地的, 不是
来自政治上的挑战, 而是爱子夭折、爱妻死亡这些人生的悲剧。
他可以在宏大的事业中坚强地屹立,心却被具体的情感危机一
再划伤, 他试图出家不成, 二十四岁病死于紫禁城养心殿。

　　第二位皇帝康熙,是康雍乾盛世的奠定者。这一中国历史

上绝无仅有的盛世，开始于康熙二十年（1681 年）平三藩之乱，终止于嘉庆元年（1796 年）川楚白莲教起义爆发，持续时间长达一百一十五年，如果从康熙即位的 1661 年算起，到乾隆去世的 1799 年，则有一百三十八年之久。这一个多世纪，创造了中国历史上除元朝以外的最大疆域[40]、最多人口[41]和最高 GDP[42]，即使在工业革命之后，亚当·斯密仍然折服地说："中国和印度的制造技艺虽落后，但似乎并不比欧洲任何国家落后多少。"

在 1700 年的伦敦与巴黎的街头商店，最时髦的商品是来自广东的丝绸、南京的瓷器和福建的茶。1700 年春天，阿姆斯特丹举行品茶会，中国茶是奢侈品，一磅茶要七万零一百荷兰盾。大清帝国的光芒照亮了法国宫廷，1700 年 1 月 7 日，为庆祝新世纪的到来，"太阳王"路易十四决定在法国凡尔赛宫金碧辉煌的大厅里举行一场盛大的舞会。历史学家这样记录了那场舞会：在宫廷悠长的走廊深处，当路易十四在上流社会的贵妇人们注目下隆重出场的时候，立即被一片惊叹声湮没了，因为这个中国文化的超级粉丝，居然是身着中国式长袍，坐着一顶中国式八抬大轿出现的。那一天，灯火辉煌，人声喧哗，来自中国的书画、音乐和器物，给那些旋转着舞蹈的巴黎贵族们带来了无限的欢乐、无限的幻想和无限的占有欲。那时的时尚之都不是巴黎而是北京，中国时尚横扫欧洲，那个东风压倒西风的时代，证明了发展才是硬道理，而大清帝国，是当时世界上独一无二的强大帝国。

1700 年，四十六岁的康熙大帝已经站在了世界的顶端，被各国元首们仰视。但很少有人知道，此时的康熙大帝正陷入深深的孤独。儿女成群，并没有让康熙大帝体验多少天伦之乐，儿子们眼睛里露出的凶光，将血肉亲情扫荡一空，让康熙不寒而栗。1701 年，康熙到太庙行礼的时候，已经"微觉头眩"。废太子那年，他一气之下中风偏瘫，"心神耗损，形容憔悴"[43]。三年后，五十八岁的康熙到天坛大祭，已需要别人搀扶。

1707 年，耶稣会士殷宏绪神父在给中国和印度传教会总会长的信中，记录了废除皇储对康熙情感和身体的伤害：

> 这场皇室内部的相互争斗，使得皇帝沉浸在一种深深的伤痛之中，以至于心跳过速，身体健康大受影响。皇帝想见见被废的皇太子，把他从监狱中传了出来，这位不幸的皇子被领到康熙皇帝面前时，仍戴着囚犯的锁链。他向他的父皇哀叫，皇帝为之动情，甚至掉下了眼泪……[44]

康熙五十六年（公元 1717 年），朝廷派往西北平乱的六万大军中了准噶尔部的埋伏，全军覆没，康熙无奈地说："如当朕少壮之时，早已成功矣。然今朕腿膝疼痛，稍受风寒，即至咳嗽声哑。"[45]第二年，康熙六十五岁时一病不起，终于在康熙六十一年（公元1722年）六十九岁时，这位曾经豪言"自秦汉以下，在位久者，朕为之首"[46]的康熙大帝痛苦地撒手人寰。弥留之际，不知他是否会想起自己对儿子们的叮嘱："春至时和，百花尚铺，一段锦绣，好鸟且啭，无数佳音。何况为人在世，幸遇升平，安居乐业。自当立一番好言，行一番好事业，使无愧于今生。"[47]如此美丽的期许，映照出他内心无法说出的遗憾和荒凉。

但雍正还是决计补偿自己内心的空虚，《雍正行乐图》册，就是他自我补偿的一种方式。在那些册页中，他真正摆脱了宫廷的束缚，为自己争得一片自由翱翔的天空。在画中，他的身份千变万化，一会儿是手持弓弩的射者，一会儿是乘槎升仙的老者，一会儿是身披袈裟的僧侣，一会儿又是荷锄晚归的农夫，仿佛一场花样迭出的"模仿秀"，扮演的不是平民百姓，就是吟诗的李白、偷桃的东方朔……《雍正行乐图》册中，找不到秦皇汉武、唐宗宋祖这些世俗意义上的"成功人士"。他对帝王身份的厌倦，通过这些图画淋漓尽致地表现出来。雍正在位十三年，从未曾像他的父亲康熙那样巡游南北，除了雍正元年先后将康熙和仁寿皇太后的灵柩送到遵化东陵，后来又去东陵祭祀过以外，辽阔的国土，他哪里都未曾去过，只有在画的疆域里，才能尽情地"逍遥游"，摆脱帝王人生的封闭和孤独，与广大的自然、人群（哪怕是汉人）灵息相通，让生命走向真正辽阔和壮丽。

《十二美人图》的意义，就这样浮现出来。她们如真人般大小，日日陪伴在雍正（胤禛）的左右，永不离去，永不衰老。她们不是雍正（胤禛）意淫的对象，因为她们延续了历代美人图的传统，形象高古典雅，让我想起一个朋友描述龟兹壁画的话："她们是温柔的，而不是滥情的；是纯洁的，而不是放荡的……她们的表情无一不细腻温柔，既是情感上的，也是色彩上的，不是来自外界的关怀，而是出自于女性的本能……看不出幸福，快乐与她们总隔着一层。烦恼也未可知。谁知道呢？"[48]

总之，她们并不像美国著名的美术史家梁庄爱伦、高居翰所分析的那样具有肉体上的煽动性，即"通过某种姿势（如触摸自己的脸颊、玩弄衣带）和性别象征（如特殊种类的花、水果和物体）表达"她们"性感的一面"，从而将这些画与江南的青楼文化联系起来[49]；也不像巫鸿所说，雍正（胤禛）是受了顺治皇帝与江南名妓董小宛的爱情故事的启发，导演了一场自己与汉族美女之间的浪漫爱情故事[50]。对于肉体意义的沟通，无论是作为皇子，还是作为皇帝，雍正（胤禛）都不难实现，最难实现的只有精神上的契合。这十二位美人，个个品貌端正、举止高雅，纵然有几分清冷孤寂之感，却正与雍正本人的孤独遥相呼应，为他们在精神上找准了契合点。她们沉默不语，却成为他最可信任的交流对象，她们的守口如瓶，让他的倾诉有了安全感。

就在雍正（胤禛）对自己的前途感到茫然和焦虑的时刻，画上的美人也深陷在相思的煎熬中不能自拔。美人的动作，与其说"具有肉体上的煽动性"，不如说深刻地体现了她们的孤独。无论是手持铜镜的顾影自怜，桐荫下的独自品茗，守在炉边默默凝视雪花飘落，被一点烛光照亮的清寂面庞，还是数着捻珠在时间中的等待苦熬……那些波澜不兴的表情背后，是她们起伏不定的内心，而这样的情绪，又恰恰是对雍正精神状态的最真实的写照。画屏内外这种惊人的对称性告诉我们，雍正（胤禛）的用意比身体欲望的满足要深刻得多，那是一种寻求精神共鸣的努力。孤独的她们等待男人的到来，而孤独的雍正，也期盼着她们的相伴。既然雍正（胤禛）把自己当作李白式的高洁之士，画中美人如身穿满服，就显得无比怪异了，这就是他要求她们身着汉装的原因。

从《胤禛行乐图》到《十二美人图》，构成的是一个传统的汉文化的世界，对于满族统治者，却是一个崭新的、极具刺激性的世界，它不仅是空间的拓展，更是文化和精神的拓展，尽管顺治时期在保留满族风习的同时已开始学习汉族文化，但雍正自登基那一年，就追封孔子先师为王，他对孔子的推崇、对汉文化的全面接受，远远超越了他的前辈，而这些美人图，则透露了他登基之前就已然成型的文化选择。他在那个开阔的世界里饮露餐菊、虚怀归物、陶然醉酡，也找到了一个真实的自己——画中美人，不仅是他最可心的知己，甚至就是他本人。雍正（胤禛）《竹子院》等诗中和《十二美人图》中的竹子（又是汉文化的核心符号），就是他和她们的接头暗号，是只有他们才彼此懂得的精神暗语。从康熙大帝到慈禧太后，清朝的每一位皇帝，心底似乎都存着一份返朴归真的田园之思，固然与他们来自东北草原民间的基因有关，但也多少让我们看到他们威严的政治面具之下的另一副人性的面孔。

从这个角度上说，雍正非但不是文化上的征服者，相反是被征服者，那些柔弱、婉约的美人，以女性特有的温柔的手，抚平了雍正（胤禛）心头难以诉说的创伤，让他那颗被贪婪、欲念和仇恨纠缠不休的内心，得到暂时的平息。

六

这种心灵上的寻寻觅觅、这份无拘无束的放纵自由，毕竟与宫殿的规则格格不入。雍正即位后一方面尊崇汉文化，推行"华

夷无别"，这是文化的法则；另一方面，他谈"明"色变，大兴
文字狱，手段残忍，这是政治的法则。雍正或许害怕这十二幅
美人图会透露他内心的孤独、纠结和隐秘，便命人将它们从圆
明园拆下，两个半世纪后，内务府的记录档案被北京故宫博物
院专家朱家溍看到，成为排除她们皇妃身份的证据。三年后，
也就是雍正十三年（公元 1735 年），雍正在圆明园猝然离世。
八月二十日，他还照常听政，只是小觉不适，卧床三天就死了。
官书没有记载雍正暴死的原因，所以他的死因至今仍未解，简
直是他的父亲死亡之谜的翻版。大学士张廷玉在他的自撰年谱
中回忆说，二十二日（雍正死前一天），他还在白天见到了皇帝，
夜里"漏将二鼓"时分，突然奉召到圆明园觐见，才知道"上
疾大渐"，感到"惊骇欲绝"[51]。"惊骇欲绝"这四个字，让后
世的历史学家们揣测不已，认为他"惊骇"的对象，除了雍正
的病情，一定另有隐情，而那令张廷玉"惊骇欲绝"的具体内容，
早已被历史的尘烟一层层地锁住了，渐渐衍化成世间流传的各
种光怪陆离的假想。关于他死因的几种版本中，有三种颇为离奇：

版本一：在《清宫十三朝演义》《清宫遗闻》这些野史中，
雍正是被吕留良的女儿吕四娘杀死的。吕留良，就是那个在《秋
行》诗中写下"风俗暗相易，衣冠渐见疑"的诗句，对清朝禁
穿汉服的政策表达不满的江南文人，雍正八年（公元 1730 年），

雍正下旨将已经去世的吕留良和他的两个儿子全部从坟墓里挖出来，将尸体砍去脑袋示众，另一尚在人世的儿子斩立决，其他亲人一律发配到宁古塔为奴，家产全部充公，连吕留良的朋友孙克用、收藏过吕留良书籍的周敬舆都判以秋后处决，可谓凶狠到了极致，唯独吕留良的女儿吕四娘逃脱了。这个弱女子于是流落民间，苦练剑术，终于寻机潜入皇宫，一剑把雍正的头砍了下来。这出吕四娘复仇记，自雍正死后，一直流传到民国年代。

版本二：根据《梵天庐丛录》的描述，几名宫女联合太监在一个月黑风高的夜里潜进雍正的寝宫，把丝带悄悄套在雍正的脖子上，紧紧地勒住，直到雍正四肢僵直、双目暴凸，脖子上的青筋像无数只青蛇蜿蜒盘旋，他的目光里熄灭了最后一道生命的光焰，她们才将那丝带缓缓松开。

版本三：与曹雪芹——那个被雍正皇帝革职下狱、抄没家产的江南织造曹頫的儿子有关，据说曹雪芹的恋人竺香玉，就是林黛玉的原型。竺香玉后来被雍正霸占，曹雪芹于是找了一个差事，混入宫中，与竺香玉合谋，用丹药将雍正毒死。

三种版本都有演绎的成分——无论吕四娘，还是曹雪芹，潜入皇宫并不是轻而易举的事，否则他们真的成了"大内高手"；至于宫女勒死雍正，更是明朝宫女杨金英等用绳子勒死嘉靖皇帝的故事的山寨版。然而，耐人寻味的是，在三种版本中，雍正都是死于女人之手。于是，宫殿里收藏的美女，又有了新的版本。她们仪态秀美、英姿勃发，却个个心狠手辣、出手不凡，恐怕没有一幅美人图，能够概括她们的容貌。这些女人与画屏上的女人不同——她们不是虚拟的人，而是有血有肉、敢爱敢恨。她们不是皇帝想象中的知音，血腥的雍正王朝把她们塑造成了皇帝的敌人——这个朝代，连如花美眷都被激发起斗志，携手埋葬他的似水流年。雍正就这样，在这些事关女人的传说中，一次又一次地死去。

巴赫金曾经说过："一个人在审美上绝对地需要一个他人，需要他人的观照、记忆、集中和整合的功能性。"[52] 他进一步解释说，那个"他人"，就是在"内心自我感受"与"外在形象"之间插入的一个"透明的屏幕"[53]。那么，对于雍正（胤禛）来说，《十二美人图》就是巴赫金所说的那个"透明的屏幕"，他看到的不仅仅是美人，也试图看到他自己——他就像当年把自己比作香草美人的屈原一样，以翠竹和美人自喻，从她们美轮美奂的影像中见证自己的圣洁，尽管那只是他那阴性的一部分，而不是客观的自己，如巴赫金所说的，"仅仅是自己的映象"[54]。但他死后仍缭绕不去的死亡传说更像一扇"透明的屏幕"，在里面，人们看到的是雍正这个阴阳同体人的另一张面孔——一张自私、凶狠、冷酷、丑陋的面孔。

很多年后，曹雪芹孤身一人，躲在北京西郊距离圆明园不远的一个小村里，完成了那部名叫《红楼梦》的旷世之作。在书中，出现了一面名叫"风月宝鉴"的镜子，同样充当了一次巴赫金的"透明的屏幕"——当跛足道士把"风月宝鉴"当作救命的解药交给贾瑞时千叮咛万嘱咐："千万不可照正面，只照他的背面。"[55] 贾瑞将镜子的背面拿来一照，发现里面映出一个骷髅，连忙骂道："道士混帐，如何吓我！"就赶紧照它的正面，看见了凤姐正站在里面，身姿袅娜地向他招手。[56]——他把"看上去很美"的那面当作真实，而把它丑陋的一面当作谎言，于是，他就在那面原本可以救命的镜子里，一命呜呼了。

第七章

道路上的乾隆

恢宏浩大、风光无限的《乾隆南巡图》，成为对表现恤民之心的《诗经图》的绝佳反讽。

一

　　清乾隆四年（公元 1739 年）春天，二十八岁的乾隆皇帝下
了一道谕旨，敕令画院诸臣办一件大事，那就是依照南宋画家
马和之《诗经图》笔意，绘制一幅完整的《毛诗全图》。

　　马和之是南宋时代的经典画家，距离乾隆很远，远得连他
的生卒年份都打听不到。宋末文人周密曾说："御前画院仅十人，
和之居其首焉"，意思是说，南宋王朝的皇家画院只有十个编制，
马和之的级别最高，足见他在宋高宗赵构心里的地位。这一君
一臣，成了美术史上的绝佳搭档，马和之绘图，宋高宗写字，
成了他们合作的经典模式。比如北京故宫博物院收藏的著名宋
画《后赤壁赋图》卷，就是二人合作的结果。马和之与宋高宗，
南宋初年这两位艺术超人，犹如舞者与歌者，举手投足，配合
得天衣无缝，那默契，不是演练来的，是骨子里的。

　　《诗经图》,依例是马和之绘图，宋高宗写字(即《诗经》原文),

乾隆御筆　　葦篇餘風

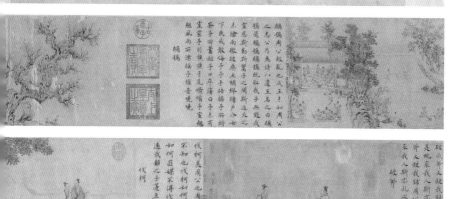

眉

一
歲
三
之
日
于

我
婦
子
饎
彼
南

兒
火
九
月
受
次

七月陳玉業也

難也七月流火

后来宋孝宗补写了一些。《诗经图》采取右诗左图的形式,诗图并茂,彼此相映,成为美术史上的不朽之作。2015 年秋天,我站在北京故宫博物院延禧宫的展厅里,面对这幅《诗经图》流连不去,心里想起明代汪砢玉在《珊瑚网》里对马和之的夸赞:"不写宣姜妖事,但写鹑奔鹊疆,树石动合程法,览之冲然,由其胸中自有《风》《雅》也。"

六百多年以后,这一组《诗经图》落在乾隆的案头时,已然只剩下了一些残卷。这些残卷包括:《豳风七篇》[图7-1]、《召南八篇》、《鄘风四篇》等,一共九件。

这让乾隆很不甘心。他一面摩挲着这些古画,一面在内心深处努力复原着一部完整的图文版《诗经》。乾隆有严重的强迫症,他不接受残缺的事物。他要向时间讨债,让时间归还那些被它没收的部分。这才有了前面提到的那道谕旨,让朝廷画院里的臣工们,共同补画那些散佚的部分。

二

我猜想那时分,宫殿里一定是春光盈盈,庭院里的花、树都静悄悄的,一动不动,像是沉在水底的影子。这时乾隆的心动了一下,那一动,就牵出一项无比浩大的文化工程,乾隆本人和他身边的臣工,为这一工程付出了七年的时间。

七年之后，这一重绘《诗经》的艺术工程，才终于在乾隆十年（公元 1745 年）的酷暑中完成。之后，乾隆兴犹未尽，与清宫著名词臣画家董邦达合作，共同临仿了《豳风图并书》一册，选用宣德笺金丝阑本行楷书《豳风》诗，又选太子仿笺本，墨画诗图，乾隆画人物，董邦达添上树石屋舍。

在那漫长的岁月里，他感到中国书法的巨人在引导着他的手，传授给他每一笔、每一画、每一个字中存在的书法秘诀；假如多年后宫廷御医开列的诊断书可信的话，这种活动在临摹者和被临摹者之间，创造了一种催眠的、情感的、爱情的关系，由此，年轻的皇帝总感觉到，自己渐渐滑入了另一个专制君主的皮肤底下；当他把毛笔浸到墨汁中时，毛团便膨胀起来，饱吸了墨汁，精确得跟宋高宗一模一样。[1]

绘制《毛诗全图》，很像今天电影界的经典重拍。马和之《诗经图》是一部经典老片，乾隆这位导演，却执拗地要在他的时代里为它翻版。但那也不只是被动的翻版，还要清晰地勾勒出王朝的新意。毕竟，时代变了，创作者变了——代替了马和之的，已是清朝的画院画家，代替了宋高宗和宋孝宗的，则是清高宗乾隆——《诗经》中的三百零五首诗，乾隆一个字一个字地抄录在绘画的边缘，甚至在画稿上，乾隆也不时添上几笔。唯有他对《诗经》的那一份眷恋与怀念没有变。七年中，他一笔一笔的描画和书写，没有丝毫的怠惰。那份谨慎与虔敬，与当年的宋高宗和宋孝宗，几乎一模一样。

三

两宋之交的皇帝们，无论他们的画院里收藏了多少杰出的画家，也无论他们自己写出过多少灿烂的书法，他们的名声都不怎么好听，因为身为皇帝，他们丢失了中原的万里河山，使这个原本立足中原的王朝，永远地退出了黄河流域，拱手让给了北方的金朝。这几乎使它丧失了华夏王朝的正统性（所谓定鼎中原），更不用说南宋后来的空间被越压越扁，以至于这个王朝与元朝的大决战竟然在广东崖山的海面上进行，连中原逐鹿都成了奢望。这场战事的结局是，一个名叫陆秀夫的忠臣，背着号啕大哭的小皇帝——宋末帝赵昺，纵身跳入大海。在他们身后，南宋的嫔妃和文武百官们也纷纷跳海，变成一堆参差不齐的泡沫。大宋王朝的无限繁华，就这样被大海抹平。

假如要问责，宋徽宗首当其冲，他一直被视为一个昏庸皇帝与天才艺术家的混合体，宋高宗紧随其后，因为他软弱、自私、胸无大志，把这个已经半残的王朝向火坑里又推了一把，"中国也正是从那时开始，变得软弱可欺，惰性十足。"[2]

这两位皇帝艺术家造成的悲剧性后果，让我们不免对艺的价值产生怀疑——莫非它真是帝国的毒品，谁沾上它，谁就得灭亡？

壮丽而浩大的艮岳，最终成了埋葬北宋王朝的坟墓，而不可一世的金朝，在把他们从汴京城掠夺的字画珍玩一车一车地运到金中都以后，也迅速陷入对艺术的痴迷。艺术并没有提升这个铁血王朝的精神气质，相反，却让它患上了软骨病。王朝鼎盛的 12 世纪，金章宗邯郸学步，几乎处处模仿宋朝。他的世界里，诗书曲赋琳琅，典章文物粲然，他抚琴叩曲，操弦吟词，甚至学着宋徽宗的样子写起了瘦金体，连他的宠妃，名字都叫李师儿，显然是在模仿李师师。除了制造上述赝品，他的王朝，也完全翻版了北宋的命运，只不过他没有成为阶下囚，但他的后代，下场却比宋徽宗还惨——末代皇帝完颜承麟，在公元 1234 年正月的蔡州慌忙登基时，蒙古军已经杀到了宫门口，完颜承麟潦草地举办了即位典礼，就带着手下将士冲出宫殿，与元军拼命去了。最终，他拼丢了自己的命，变成宫门处一团血肉模糊的尸体。大金王朝的这位末代皇帝，在位时间不到一个时辰（即两个小时），成为中国历史上在位时间最短的皇帝。

这个金戈铁马的王朝，就是在金章宗的手上拐了弯，这账，不知该不该算在他热爱的艺术头上。

四

　　乾隆也爱艺术，他虽然没能成为像宋徽宗和宋高宗那样的大艺术家，但他当了一辈子艺术发烧友，收藏、鉴定、写诗、作画，忙得不亦乐乎。到乾隆八年，乾隆收藏的书画、碑帖、古籍就超过万件（套），仅清初大收藏家安岐进献给乾隆的古代字画，就超过了八百件，其中就包括展子虔《游春图》、董源《潇湘图》、黄公望《富春山居图》这些稀世的珍品。于是，就在他与大臣们精心绘制《毛诗全图》的同时，年轻的乾隆又干了两件大事：对宫殿秘藏书画进行编录整理，编成两部书画目录，一部叫《秘殿珠林》，专门收录宫殿收藏的宗教类书画；而宫殿收藏的其余书画作品，则编入另一部书，就是《石渠宝笈》。

　　《石渠宝笈》是一部按照贮藏这些书画文物的四座宫殿作为分目，来对皇帝的秘密收藏进行编目记录的，这四座宫殿是：乾清宫、养心殿、重华宫、御书房（在景阳宫后）。后来随着藏品的增多，又向其他的宫殿拓展。哪怕不看真迹，只读收藏目录，就足以让乾隆乐不可支了。世界上没有一个人，甚至没有一个皇帝，能够像乾隆这样富有。《石渠宝笈》，犹如一座城市的老地图，让他仿佛在想象的辉煌遗址中漫步，去悉心体味它的亭台楼阁、风雨烟云。

　　在皇权制度下，艺术品由民间向皇家流动，必然是一个单向的流程，很少有文物从皇家返回民间的，只有在战乱的年代是例外，因此，皇权制度必然把皇帝塑造成一个超级的文物收藏家、一个疯狂的艺术爱好者，他的私家庭院，就是这个国度内最大的博物馆和美术馆。但他也看到了艺术中的危险。乾隆九岁入上书房，自小受到严格的儒家经典教育，可谓熟读经史，对于六百多年前发生在大宋宫廷里的一切，他当然是了然于心的。他在御批中，有"玩物丧志"之语，声言自己"因之有深警焉"，还感叹"盛衰而归梦幻"。艺术如后宫，让他温暖，也让他堕落。此时，乾隆想必陷入了极度的两难。他苦心孤诣地投入，又要尽心竭力地突围。

　　于是，乾隆要为自己的收藏，镀上道德的保护色。在乾隆看来，安放艺术的真正容器，不是宫殿，而是道德。那些稀世的字画，不仅是作为艺术的载体，也是作为道德的载体存在的，它们无时无刻不在宣讲着美和正义的力量。在他眼里，那些古旧的纸页并不是苍白无力的，而是华夏传统道德理想的宣言书、宣传队、播种机。

　　中国绘画的道德传统，从最古老的绘画——东晋画家顾恺之《女史箴图》就开始了。那是一幅关于女性的道德箴言，也是劝诫帝王的最佳良药。而图中那只照鉴美人的铜镜，正是对

[图7-2]

《五牛图》卷，唐，韩滉

北京故宫博物院 藏

绘画功能的最佳隐喻——绘画不只是用来欣赏的，它犹如镜子一样，可以照鉴我们的灵魂。

至此，乾隆为自己的艺术雅好寻找到了一个圆满的理由——他不是玩物丧志，而是要在这些古代艺术珍品的映照下，去建构自己乃至王朝的道德。江山如画，而且，江山的命运，通过图画就可以照鉴。因此，在编订《石渠宝笈》时，他说："虽评鉴之下，不能即信为某某真迹，然烟云过眼寓意而正，不必留意于款识真伪也。"意思是说，这些艺术品的道德寓意，比它们的真伪更加重要。乾隆对艺术原则，用今天的话说就是：政治标准第一，艺术标准第二。

乾隆看重马和之《诗经图》的秘密，在这里终于可以解开了——《诗经》是"五经"之首，记录了王朝创业之艰难，也描绘了百姓劳作之苦状。它是中国人道德和价值的真正来源，是王朝正统性的真正皈依，是中国人心目中的《圣经》。《诗经》

所代表的中国早期文化是一种伦理类型的文化，表现出对"德"的高度重视，陈来先生将此称为"德感文化"，而这种"德感文化"，又聚焦到"民"的身上。陈来先生说："民意即人民的要求被规定为一切政治的终极合法性，对民意的关注极大地影响了西周的天命观，使得民意成了西周人的'天'的主要内涵。西周文化所造就的中国文化的精神气质是后来儒家思想得以产生的源泉和基体。"[3] 也就是说，一个来自于民、真正了解民生疾苦的王朝，才能真正像太和殿御座上方的那块牌匾写的那样，"建极绥猷"，国祚永久。

因此，当乾隆十七年（公元 1752 年）秋天，两江总督尹继善将他收藏的唐代韩滉《五牛图》[图 7-2]进献给乾隆时，乾隆还只把它当作"供几暇清赏"的文玩之物，第二年，乾隆就发现了这卷古老绘画的"现实意义"，于是在《五牛图》的画心写下这样四句诗：

一牛絡首四牛閒，
景高情想像閒。
覷詗惟詩肯要因，
問端識民艱。
乾隆癸酉御題

一牛络首四牛闲，

弘景高情想像间。

舐齕讵惟夸曲肖，

要因问喘识民艰。

乾隆的题诗，为这幅古画附加了浓厚的意识形态色彩，使它的内涵，由象征隐逸的悠闲，转为代表农事的艰辛。乾隆也凭借这样的绘画，重访先周的圣王时代，顺便也把自己归到了圣王的行列，像他自己所说："游艺余闲，时时不忘民本。"难怪张廷玉拍马屁说："皇上之心，其即伏羲文王周公孔子之心也夫。"

而《诗经图》，也同样被乾隆的道德意识刷新了一遍。他甚至把专门存放《毛诗全图》的景阳宫后殿，改名为"学诗堂"。在《学诗堂记》卷末，乾隆写下这样的话：

高、孝两朝偏安江介，无恢复之志，其有愧《雅》《颂》大旨多矣，则所为绘图、书经，亦不过以翰墨娱情而已，岂真能学诗者乎。[4]

乾隆想说，同样玩艺术，自己比宋高宗和宋孝宗档次高多了。对于这两位号称艺术家的宋代帝王，他只能投以轻蔑的一笑，笑他们与马和之合作完成《诗经图》，只不过是"翰墨娱情"罢了，对于《诗经》的奥义，他们一无所知。

乾隆终于找到了一个理由，将自己与那些热爱文艺的宋朝皇帝们划清了界限。

五

但这条界限，还不够明晰。

在他人眼里，无论是宋高宗赵构，还是清高宗乾隆，都是那个朝代艺术创作与收藏的重要推手，至于它们到底是"为艺术而艺术"，还是像乾隆宣称的那样出于道德目的，在许多人眼里或许并不那么重要。但乾隆对于这个问题是从不含糊的，在他眼里，他的王朝是真正代表民本的，王朝的高贵正蕴含于《五牛图》《诗经图》所透射出的底层百姓的喘息与血汗中。连洋画师郎世宁，都奉皇帝之命，主持绘制了一幅《亲蚕图》，描绘乾隆九年（公元 1744 年）孝贤皇后主持亲蚕仪式的场面，与皇帝主持的先农礼相对，男耕女织的分工，在皇家也不例外。为了证明这是一个"接地气"的王朝，乾隆还策划了他一生中最重要的行为艺术——南巡。

帝王巡狩是古风，而"下江南"的皇帝，远有秦始皇、隋炀帝，近有明正德皇帝。距今三百三十年，康熙大帝启驾京师，开始首度南巡，这位久居北方的年轻皇帝第一次有机会细细观察治下疆土的多种面貌。而二十五岁的乾隆帝在登基不久，也迫不及待地踏上祖父走过的御道。[5]

南巡的目的当然有很多，如昭示皇权、问俗观风、躬历河道、查验河工——说白了，就是视察水利工程，体验民间疾苦，让帝国的政治基石，不因失去人民群众的支持而坍塌。

应当说，"重农""悯农"，并不仅仅是乾隆皇帝的面子工程，也是一份真实的情感，沉甸甸地压在他的心底。在一个严冬之夜，他倚坐在暖阁的炉边，倾听着窗外呼啸的北风，看着眼前闪动的炉火，他蓦然想起城外茅舍里那些瑟缩颤抖的贫民，动情之际，挥笔写下这样的诗句：

> 地炉燃炭暖气徐，
> 俯仰丈室惭温饱。
> 此时缅想饥寒人，
> 茅屋欷歔愁未了。

还有一年，安徽太湖县受灾，饥饿的灾民用一种名叫"黑米"的野菜充饥，乾隆得知后，立刻命令地方官员，将这种"黑米"

呈入宫中，他要亲口尝试。煮好的"黑米"入口的一刹，乾隆的眼里突然涌出一股泪水，殿堂之上，居然忘记了天子的庄严，耸动着肩膀，痛哭不已。

后来，他在诗中写：

> 并呈其米样，
>
> 煮食亲尝试。
>
> 嗟我民食兹，
>
> 我食先坠泪。

那一天，他下令把"黑米"分送给皇子们，让他们都知道，在锦衣玉食的宫殿外，在更广袤的版图上，舌尖上的中国，其实就是"黑米"的味道。

七十八岁时，乾隆皇帝性情未改，亲笔临摹了传为南宋绍兴年间宫廷画院副使李迪的《鸡雏待饲图》。这幅绢本原作，就是乾隆内府的藏品之一，入了《石渠宝笈·续编》，现存北京故宫博物院。面画上有两只雏鸡，它们面朝同一方向，一卧一立，屏气凝神，仿佛听见母鸡觅食的召唤，正欲寻食而去。乾隆通过临摹，表达他的态度，其政治意涵，与《五牛图》《诗经图》一脉相承。临摹之后，乾隆又命人摹刻多份，颁赐给各省督抚，不是为了显摆自己的绘画才能，而是希望这些地方父母官能将所辖地区的百姓当成图中的鸡雏，"勿忘小民嗷嗷待哺之情"。

正是出于这个原因，乾隆延续并且不断刷新着祖父康熙的南巡行程。在他心里，那是帝国天子深入群众、了解帝国现实的最重要的途径。他在七十五岁时曾不无得意地自我评价："余临御五十年，凡举二大事，一曰西师，一曰南巡。"于是，他一次次地从紫禁城出发，奔向那尘土飞扬的旱路和烟波浩渺的水路，深入到帝国的腹部——民风厚朴的中原，以及烟雨苍茫的江南。

2006 年，我在加州大学伯克利分校访学，美国学者伊沛霞（Patricia Buckley Ebrey）和毕嘉珍（Maggie Bickford）合作出版了一部新作：《徽宗与北宋晚期的中国——文化的政治与政治的文化》。在这本书里，我第一次读到这样一个新颖的观点：北宋的衰落，根本原因在于"自仁宗开始，宋朝的皇帝们几乎停留在了京畿地区"，"皇帝生活在九重宫殿之内，不能亲睹帝国当下所正在发生的一切"。[6] 这使他们（比如宋徽宗和宋高宗等）更加倾心于艺术，倾心于打造一个美不胜收的艺术王国，来拓展自己的空间。也就是说，这些皇帝足不出户，已经无法真正地接近他们的帝国了，于是他们只能通过绘画来间接地观察现实。他们身处宫阙，却置身于帝国之外。

汴京宫殿里的宋徽宗，没有体验过民生之多艰，只有逃跑时，他才踏过黄河。所以他命里没有南巡，只有北狩——所谓"北狩"，也只不过是南宋王朝为徽钦二帝被掠到北方做囚徒所起的一个好听的名字而已。乾隆可不想成为宋徽宗，所以他有壮丽的南巡，也有浩荡的北狩——真正意义上的北狩。

六

然而，即使乾隆南巡，包含着体验民生、忆苦思甜的目的，在漫长的旅途中，他也不可能饿过一次。相反，那必然是酒足饭饱、灿烂如锦的豪华旅行，因为各地官员绝不会错过这样拍马屁的机会，皇帝接待规格之高，自然是难以想见的。康熙南巡，就已经给地方经济带来沉重负担，他自己对此心知肚明，在江宁织造曹寅（曹雪芹的祖父）的奏折上批道："两淮情弊多端，亏空甚多……"[7]《红楼梦》第十六回，写王熙凤与赵嬷嬷对话，王熙凤说："说起当年太祖皇帝仿舜巡的故事，比一部书还热闹，我偏没造化赶上。"赵嬷嬷说："嗳哟哟，那可是千载希逢的！那时候我才记事儿，咱们贾府正在姑苏扬州一带监造海舫，修理海塘，只预备接驾一次，把银子都花的淌海水似的！"还说："现在江南的甄家，嗳哟哟，好势派！独他家接驾四次，若不是我们亲眼看见，告诉谁谁也不信。别讲银子成了土泥，凭是世上所有的，没有不是堆山塞海的，'罪过可惜'四个字竟顾不得了。"[8] 赵嬷嬷说的甄家，其实就是曹雪芹自己的家族，因为康熙六次南巡，有四次住跸在曹家。帝王的气派、曹家的荣光，都是用民脂民膏堆出来的。

乾隆的每一次南巡，都是一场规模浩大的国家行为。南巡的路途，往返达近六千里，平均时间要五个月，扈从人员三千二百五十人，途中所需马、驴、骆驼、牛、羊等牲畜近万，至于人力资源，更是不计其数，仅第一次南巡（公元 1751 年），就征召三十万余人在大运河上拖拉船舶，甚至总花费，每次南巡皆不少于三百万两白银。[9]

根据历史的记载，乾隆南巡的开销，大多摊派给了地方的盐商。盐商甚至被当作乾隆的"外库"，就是朝廷外的"小金库"。因为这些盐商，获利最多、资产最巨、家财最富，等到皇帝或者朝廷需要用钱的地方（比如战争、河工、赈灾等），朝廷钱袋子紧，都要从他们身上割肉。当然皇帝会给他们一些政策优惠，比如加官晋爵、免收盐税等，使他们前赴后继、踊跃报效。学者林永匡先生查检《扬州行宫名胜全图》后发现，扬州行宫共建宫殿楼廊五千一百五十四间，亭台一百九十六座。楼廊标明为商人建造者三千九百八十一间，未注商人姓名者一千一百七十三间。亭台注明商人建造者一百六十座，未注商人姓名者三十六座。[10] 待这些行宫修缮完成，盐商们还要接着破费，购置宫中陈设，诸如珍宝古玩、花木竹石等。比如平山堂行宫本无梅花，乾隆首次南巡，盐商们于是耗银植梅万株，乾隆的文化品位，是用金钱炼成的。《清稗类钞》这样描述乾隆第五次南巡时，当地盐商向皇帝献媚的"大制作"，与北宋时代蔡京所提倡的"丰亨豫大"，已别无二致：

> 高宗第五次南巡时，御舟将至镇江，相距约十余里，遥望岸上著大桃一枚，硕大无朋，颜色红翠可爱。御舟将近，忽烟火大发，火焰四射，蛇掣霞腾，几眩人目。俄顷之间，桃恭然开裂，则桃内剧场中峙，上有数百人，方演寿山福海新戏。彼时各处绅商，争炫奇巧，而两淮盐商尤甚，凡有一技一艺之长者，莫不重值延致……[11]

皇帝访礼问俗、体察民生的良好用意，变成地方的经济负担，沉甸甸地压在民众的身上，变成一场地地道道的政治秀，也为乾隆六下江南的亮丽传奇，蒙上一层尘垢。

柏杨先生在《中国人史纲》中写道："弘历下江南所组成的南巡集团，声势之大，每次都有万人之多。他们像一群刚刚登岸的饥饿海盗一样，所到之处，当地财富几乎被洗劫一空。皇家教师（侍读学士）纪晓岚曾趁便透露江南人民的财产已经枯竭，弘历大怒说：'我看你文学上还有一点根基，才给你一个官做，其实不过当作娟妓一样豢养罢了，你怎么敢议论国家大事？'"[12]

从乾隆二十九年（公元1764年）开始，宫廷画家徐扬开始绘制主旋律美术作品——《乾隆南巡图》，描述乾隆第一次出巡的宏大场面，以体现"泱泱中华，太平盛世，无尽的繁华与壮观"，历时十几年，才告完成。他"以御制诗意为图"，从乾隆第一次南巡路上写的五百多首诗里选出十二首诗，画出十二幅图，分别是：启跸京师、过德州、渡黄河、阅视黄淮河工［图7-3］、金山放舟至焦山、驻跸姑苏［图7-4］、入浙江境到嘉兴烟雨楼、驻跸杭州、绍兴祭大禹庙、江宁阅兵、顺州集离舟登陆、回銮紫禁城。

这浩瀚的历史长卷含纳了山川烟树、城池街衢、亭台楼阁、车船人马，场面宏大又无微不至，几乎是乾隆盛世的百科全书。

恢宏浩大、风光无限的《乾隆南巡图》，成为对表现恤民之心的《诗经图》的绝佳反讽。

七

顺便说一句，《毛诗全图》《乾隆南巡图》这些大型主题绘画，尽管启用了国内最好的画家（清初"四王"之一的王翚亦曾为乾隆的祖父康熙主持绘制《康熙南巡图》），但艺术水平，早已

[图 7-3]

《乾隆南巡图》卷之 "阅视黄淮河工"（局部），清，徐扬

美国大都会艺术博物馆 藏

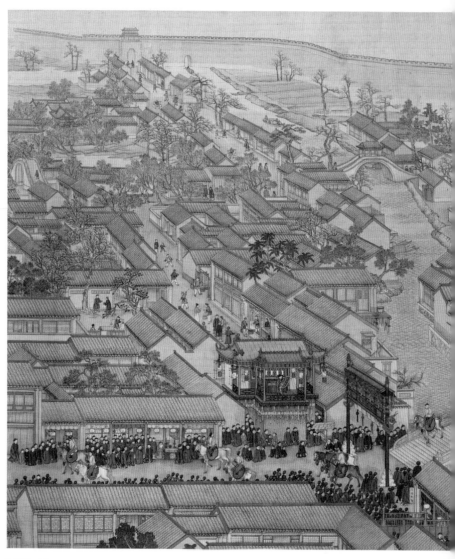

［图 7-4］

《乾隆南巡图》卷之"驻跸姑苏"（局部），清，徐扬

美国大都会艺术博物馆 藏

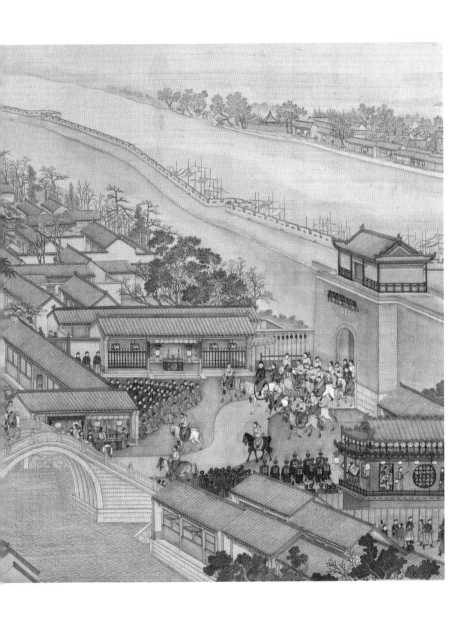

不可与宋代同日而语。

原因之一，在于《乾隆南巡图》这样的绘画，必须秉承帝王的意志，体现皇帝一人的尊威，因此只有皇帝一人成为绘画的主角，在长卷中反复出现，而帝国官吏，乃至芸芸众生，都只能成为他的陪衬，不仅画面上的人物全无个性，画家的自由空间也受到压抑，不再像唐宋时代那样，心与道合、神与物游。因此那绘画，纵然场面宏大、人物万千，却不可能产生震撼人心的力量，因为人再多，也只为帝王一人而存在，只为凸显帝王的尊威，而不是作为他们自身而存在。画面上所有人，归根结底都是为一个人（皇帝）而存在的。他们的存在，只能表明权力要求众人参与的性质，如我在《旧宫殿》里所写的："无上的威仪显然不能由皇帝一个人来完成，权力不是皇帝一个人的独角戏，它需要群众，需要自己身边有膜拜的人群，正如伟大的事业需要多多益善的追随者充当炮灰。"[13] 他们人再多，也等于零。

除了帝王的政治意志不可撼动，帝王的艺术诉求也必须实现。然而，尽管如前所述，乾隆本人是一位艺术发烧友，沉迷于星光灿烂的古代艺术，也像当年的宋徽宗、宋高宗一样，建立了皇家画院（先是将造办处的"画作"升格为"画院处"，又设立了如意馆），但他的艺术品位，仍然有着强烈的女真底色，对中国绘画历经宋元沿革嬗变后出现的尚写意、重神韵的审美取向难以理解、认同，欣赏水平也只能停留在写实重形、富贵华艳的层面上，宫廷画家们，当然必须向皇帝的品位看齐，因此带来清代艺术水准的大沦落，《康熙南巡图》《雍正平准图》《乾隆南巡图》都是其中的代表。这些巨大的画作，"精彩遮蔽于细碎，个性湮没于繁缛"，如杜哲森先生所说："如果剪裁局部，放大欣赏，或许不失精到，但如今处处精到反而不见了精到。这种惟谨惟细、惟繁惟密的绘画风格堵塞了欣赏的通道，不再有联想的空间，这是没有弹性的艺术，只能造成感觉的零乱和审美的疲劳，如苏轼所言：'看数尺便倦。'"[14]

他们的作品，无论怎样用气势来吓唬人，都是枉然。那谨细繁缛、规整划一的构图，与张择端《清明上河图》、马和之《诗经图》这些描绘着生活原型、渗透着泥味汗渍、体现着普通人最真实情感的作品，早已判若云泥。

这种艺术上的集权与格式化，正是对帝国现实的最佳写照。在宫墙里的花团锦簇、姹紫嫣红背后，"这古老文明的荒凉冬天已经来了"[15]。

才有寒山冬景，带着古老的洪荒和无限的寂寞，在石涛、弘仁的笔下，弥漫铺展。

只有在权力鞭长莫及的边缘地带，艺术才能恢复生机，出现"清代四僧""扬州八怪",还有曹雪芹。

乾隆一朝,让大清王朝抵达了它发展的巅峰,也是它坠落的起点。

黄仁宇《中国大历史》中这样描述乾隆退位时的帝国状况:

> 当乾隆退位之日,清朝已达到成长的饱和点。八旗军的尚武精神至此业已消散,这也和明代的卫所制度一般无二,前所登记的人户也不见于册籍。雍正皇帝的"养廉",虽说各主管官员的薪俸增加了数倍,仍不能供应他们衙门内的开销。更不用说官僚阶级的习惯和生活费已与日俱增,而为数万千的中下级官僚,他们的薪俸不过是聊胜于无。因此贪污的行为无从抑制,行政效能降低,各种水利工程失修,灾荒朝廷又不及时救济,民众铤而走险为盗为匪,也就事势必然了。这一连串衰弱集贫的展现,在西方与中国针锋相对前夕,大清王朝已未战先衰了。[16]

《红楼梦》带着巨大的宿命感,穿透了整个盛世。

八

但假如乾隆躲在深宫,足不出户,如伊沛霞所说的,与他的帝国相隔绝，不能亲睹帝国正在发生的一切，岂不又要重蹈宋徽宗覆辙？

宫深似海，使他无法去注视自己的城郭人民，而一旦出宫，又势必劳民伤财，催生出无尽的奢靡与腐败。

这正是帝王的悖论。

因此，人们编造了皇帝"乾隆微服私访"的神话，把皇帝变成普通人，与人民群众打成一片。

或许，只有这种虚构的方式，才可能暗合乾隆组织绘制《毛诗全图》的全部用意。

第八章

对照记

通过《是一是二图》，他要找回『世界上

另一个我』。

一

　　第一次看到《是一是二图》的人，一定会感到诧异，因为在这幅画上，一个身着汉人服饰的文人正闲坐榻上，身边的家具上，摆满了名器佳品。在他身后，有一道画屏，这种以画屏为背景的绘画，我在《一个皇帝的三次元空间》（详见《故宫的古物之美 2》）里说过了。但这幅画有意思的地方是，屏风上挂着一幅人物肖像，画的正是榻上坐着的那个人。

　　看过乾隆朝服像的人一眼便可认出，座中与榻上，都是一个人——乾隆。

　　与父亲雍正一样，乾隆喜欢在绘画里玩 cosplay（变装游戏），尤其喜欢在画里把自己打扮成风雅之士，比如，在《弘历采芝图》〔图 8-1〕上，我们看到的年轻王羲之，就是一位头戴凉帽、手持如意、衣带生风、神色淡然的青年才俊形象。

　　《平安春信图》〔图 8-2〕比《弘历采芝图》更加有名。关于图中人物的身份，学者们有不同的指认。北京故宫博物院聂崇正先生认为，图中年长者为雍正，年少者为乾隆。[1] 巫鸿认同这种说法，认为年长者是雍正，根据是他的长相与雍正的其他画像一致，尤其是"嘴角蓄着向下垂着的小胡子"[2]，"他表情严肃，站得笔直，正将一枝梅花传交给王羲之"，"而身为皇子的后者恭敬地接过这枝花，他上身微微前屈，显得几乎矮那位长者一头，抬着头尊敬地看着长者"。[3] 扬之水、王子林则认为，《平安春信图》的长者不是雍正，而是乾隆[4]。

无论怎样，可以确定的是，《平安春信图》中至少有一人是乾隆——要么是画中长者，要么是画中少者。

目前在北京故宫博物院，共藏有四件《是一是二图》[图 8-3]，画面构图基本相同，唯有第四幅（落款为"长春书屋偶笔"）中屏风上绘的不是山水，而是梅花。2018 年秋天，北京故宫博物院家具馆在南大库开馆时，不仅复制了《是一是二图》，而且用清宫家具，恢复了这幅图上描绘的物质空间——坐榻几案、葵花式桌，都与图中的摆设一模一样。

从这些绘画可以看到，乾隆不只有恋物癖（这一点很像宋徽宗），同时也是严重的自恋症患者。他一再让自己成为图像表现的对象，在宫廷绘画中不停地"抢镜"，而且，在同一幅画中，他的形象也是反复出现，与自己形影不离，就像他在《是一是

［图8-2］

《平安春信图》轴，

清，郎世宁

北京故宫博物院 藏

二图》的题诗中的所写（四个版本都有）：

"是一是二，不即不离。"

让人想到李渔的名句：

"是一是二，不知周之梦为蝴蝶欤？"

二

乾隆的"变装照"与雍正的不同，雍正的"变装照"（参见本书第六章《如花美眷，似水流年》）虽然变化多端，但画中只有他一个人。或许，只有在一个无人（没有他人）的世界，在不被观看的环境里，雍正才能从皇帝的身份中逃离，回归"真实"的自我，才能玩得尽兴，一旦回到人群，他的表情、身段、举手投足，又将被"体制"套牢，所有旁逸斜出的个性都被删掉，重新变回那个死板无趣的皇帝。

乾隆与他爹的不同在于，在他的"变装照"里，总是有"别人"存在的。比如《弘历采芝图》里，有一个小青年，右手荷锄，左手提篮，神情专注地看着乾隆；在《平安春信图》里，假若如扬之水等人所说的，长者为乾隆，那么他身边同样有一个年轻男子，手持梅花，恭敬地站立。《是一是二图》中，乾隆同样不会形单影只，除了那弯腰恭立的童子，在乾隆身后的画屏上，还挂着自己的肖像，仿佛一个老朋友在注视着他，与他娓娓倾谈。

[图8-3]

《是一是二图》轴，清，佚名

北京故宫博物院 藏

是一是二不
即不離儒
可墨可何
靈曰思
養心殿偶
題并書

假如说乾隆自己是"变装照"里的主角，那么画中的配角，仍然是乾隆。乾隆在画里纠集的"同伴"，原来就是他自己。有人把它称作乾隆皇帝的"自我合影"[5]。也就是说，在这些"变装肖像"里，装着两个乾隆。《是一是二图》自不必多言了，《弘历采芝图》和《平安春信图》中那两个恭敬站立的年轻人，其实也都是乾隆自己——这样说的根据是，从长相看，画面上的少者与长者很相像；更重要的，在《弘历采芝图》有乾隆题诗，最后两句是：

> 谁识当年真面貌，
> 图入生绡属偶然。

而《平安春信图》中，乾隆题诗道：

> 写真世宁擅，
> 缋我少年时。
> 入室晤然者，
> 不知此是谁。

在前面一首诗中，乾隆暗示画中少年是自己"当年真面貌"。

后面一首诗则说郎世宁擅长写真，绘制了乾隆少年时的容貌，让陡然入室的老者（"皤然"是用来形容白发的词），不知道画中人是谁。

其实，乾隆早已把破译这两组绘画密码的钥匙交到我们手里。

画来画去，看来看去，画里画外，其实都是乾隆。

乾隆为观画者，摆下了一个迷魂阵。

三

乾隆是一个有着鲜明自我意识的人，他总是想看见自己。

作为皇帝，他主宰朝廷，主宰天下，成为所有人视线的焦点，他是被观看者，但他也希望变成一个观看者，希望变成一个外部的视角，来看见"自我"。他不想只做天空中的一颗孤星，他还想像一个黑夜里的旅人那样仰望天空。因此，在乾隆真实的生活空间里，镜子的元素时常浮现，背后隐藏的，就是他"看见自己"的强大冲动。

我在《故宫的隐秘角落》一书里写过，乾隆花园是乾隆为自己"退休"当太上皇而准备的居处。乾隆二十五岁登基，日日勤政，等他年纪大了，疲倦了，就想歇歇了，做一个闲云野鹤。乾隆在符望阁内题诗中写"耆期致倦勤，颐养谢喧尘"，就流露了这样的心境。在这花园里，埋伏着许多镜子的意象。水、月、镜、

[图 8-4]

《岁朝婴戏图》通景画，清，宫廷画师

北京故宫博物院 藏

花，在这花园里，都落到了实处。

花园里有一座玉粹轩，此轩明间西壁上，有一幅通景画[6]，这幅画的名字，叫《岁朝婴戏图》[图 8-4]。画上有三位佳人、八个婴孩，在一间敞亮的厅堂里休闲嬉戏。画右的那位佳人，侧背对着观者，面对隔扇，望着自己[图 8-5]。她的面容，透过隔扇的反光，被我们看见。这构图，不知是否借鉴了东晋顾恺之著名的《女史箴图》，因为在这幅手卷上，有一位对镜梳妆的

女子，也是侧后方对着观众的，她的面容，通过镜子反射出来。总之，《岁朝婴戏图》里，那油漆光洁的隔扇，客观上起到了镜子的作用，透过这面"镜子"，画中美人才能打量自己的青春容颜，今天的观众也才能看见她的面孔。

《岁朝婴戏图》中的反光体，并不是真正的"镜子"。在倦勤斋——乾隆最私密的空间里，我们看到了真正的镜子（玻璃镜子）。博尔赫斯同样迷恋过镜子，他说："镜子是非常奇特的东西",还说:"视觉世界的每一个细节都能在一片玻璃、一块水晶里得到复制,这个事实真匪夷所思。"自从西方传教士把玻璃镜带入中国,在乾隆的时代,玻璃镜越来越多地在宫廷中得到使用。玻璃镜就成了一个无比神奇的事物,让一个人清晰地看见他自己,让他与自己相遇。

出于工作原因,我无数次走进过倦勤斋,但每一次进入,我都感到无比诧异。它是一座永远保持新鲜感、让人永不厌倦的建筑。倦勤斋是乾隆花园的最后一排建筑,目前没有开放,因此游览了乾隆花园的游客,从它的面前经过,最多匆匆扫上一眼,更多的人看都不看一眼,就从东侧门穿过,去看珍妃井了,对倦勤斋内部的秘密茫然无知。

这座建筑面南背北,面阔九间,分成"东五间"和"西四间"两个部分,内部被隔扇分成许多狭小的空间,有如"迷楼"。从"东五间"进入"西四间",有一连串的小门,组成一个有纵深的夹道,乍看上去,恍若一面镜子。2018 年 9 月,我们在那里录制节目,演员邓伦就以为那是镜子,但镜子里看不到自己。往里走,又怕撞到"镜子"上,邓伦就调皮地用手"摸"着前行。只有身处其中,才知道这样的"假镜子",设计得那么逼真。"假作真时真亦假",乾隆很痴迷这种真真假假的游戏。乾隆在这里虚晃一枪,在夹道里制造了一个酷似镜子的假象,表明了他对"镜子"这一意象的热衷，也预告了在前面的空间，定然会有镜子出现。

穿过这些小门（好像从"镜子"里穿过），拐入"东五间"最后的一间小室，两面落地大镜终于出现。我们往镜子前一站，在镜子里看见自己，知道这次镜子是真的。

这间有两面镜子的小室，组成一个小小的"镜厅"。我曾经去过法国凡尔赛宫的"镜厅"，又称镜廊，以十七面由四百八十三块镜片组成两面整墙的落地镜，那是凡尔赛宫最奢华、最辉煌的部分，比这间"镜厅"要开阔气派得多。法国路易十四国王把它们看作王宫中的"镇宫之宝"。假如在那巨大的"镜厅"里举行舞会，人的影像被占满整整两面墙的镜子反射，可以被放大到无穷多，那是多么宏大、多么玄幻的景象。相比之下，乾隆的"镜厅"要局促得多，几乎只容一人，那个人就是乾隆。但对于乾隆来说，这个空间已经足够。在乾隆的空间里，他只需要观看自己，并不需要其他人在场。我想，假如有第三人出现（比如太监、宫女），他（她）一定会看见两个乾隆，一个在镜子里，一个在镜子外，就像我们今天在《弘历采芝图》《平安春信图》《是一是二图》里看到的，一个画面里，装着两个乾隆。

四

在"镜厅"，我们看到的是真实的镜子，但乾隆的真假游戏并没有结束——两面落地镜中，有一面镜子其实是一道暗门，暗门的后面，隐藏着通往"西四间"的密道。第一次走进"西四间"的人，一定会大吃一惊，因为到了"镜厅"，看上去已经山穷水尽，准备折返了，打开暗门，却突然间柳暗花明，拐进一个巨大开敞的空间，通景画上描绘的庭院山色，与室内的装修相连，让这个开阔的大厅有了绵延无尽的空间感。

在大厅的中央，有一座攒尖顶的方形小戏台，正对戏台，是乾隆用来观戏的坐榻。乾隆坐在那里，有如坐在一个群山环抱的庭院里，在蓝天和竹篱下观戏，我们甚至感到，有凉风穿过树梢，拂动我们的衣襟，即使在最热的夏天，也会生出许许凉意。这都是巨大的通景画给我们带来的如诗的幻觉。

但令人困惑之处在于，在戏台与坐榻之间，还摆着一个很小的平台——一座小戏台。这样的场景布局，自乾隆以后一直没有人动过。那么，这个小戏台是做什么用的？

每次看到这个戏台前面的小戏台，我都困惑不已。我查过史料，也请教宫廷戏曲和建筑专家，都没得到令人信服的回答。

所以那一天，拍摄中，大家围着这个中间的小戏台，议论纷纷。邓伦给出的答案，虽是戏说，却充满想象力。据他猜想，乾隆可能会站在这个台子上唱戏——乾隆是名副其实的戏曲发烧友，他不仅在这里听戏，或许，当戏瘾发作，他也可能在这里唱上几句。而皇帝唱戏，显然不能与南府的戏子同台，于是，就在戏台与坐榻之间的小戏台上唱。那么，在乾隆皇帝的这座"私人戏院"内，会发生这样有趣的一幕——乾隆不仅是观众（戏院内唯一的观众），也可能成为演员（同样是戏院内唯一）。

假如在"西四间"，他自己演戏，自己观看，这戏台，不也是一面隐形的镜子吗？

于是，在我们的文化季播节目《上新了·故宫》第一季的第一集，我们设计了这样一段再现，让演员周一围表演了乾隆自唱自观的场面。我们甚至用特效，把唱戏的乾隆和听戏的乾隆合在一个画面里，这样的构图，不是与前面说过的绘画如出一辙？

五

没法知道乾隆的血型了，但从他的行动可以看出，他是一个彻头彻尾的完美主义者。乾隆是把自己当作"千古一帝"看待的——"千古"是虚指，包括了所有业已探明的历史，"一帝"，就是自那时以来最完美的皇帝，秦皇汉武、唐宗宋祖，都不入他老人家法眼，只有他自己最优秀。所以他自称"十全老人"，历史上没有一个帝王敢这样大言不惭吧。

"十全"，就是十全十美了，他的事业（文治武功），他自己都总结过，这里就不一一详述了。他的家庭，也算多子多福、富贵满堂，无人能及了吧。乾隆共有十七子、十女。储君嘉庆（颙琰），在他的培养下茁壮成长，颇具帝王之相。他不仅把祖先的基业推向了盛世巅峰，而且完成"禅让"，把皇位完好无缺地交给继任者。既对得起过去，又对得起未来。一个人的人生，已经很难像乾隆这样完美。

但人生没有十全十美，命运面前人人平等，即使贵为天子亦不能例外。苏东坡早就说过："月有阴晴圆缺，人有悲欢离合，此事古难全。"

"古难全"，"千古一帝"自然也不能全。在《红楼梦》里，命丧天香楼的秦可卿托梦王熙凤，传达的也是这个意思："常言'月满则亏，水满则溢'……荣辱自古周而复始，岂人力能可保常的。"[7] 我想起当年史铁生看奥运会，看到他崇拜的美国短跑名将刘易斯被约翰逊战胜，刘易斯茫然的目光让他心疼，也粉碎了他对"最幸福的人"的定义（原本，在无法走路的史铁生眼里，刘易斯——世界上跑得最快的那个人就是"最幸福的人"）。刘易斯的失利让他明白了一个道理："上帝从来不对任何人施舍'最幸福'这三个字，他在所有人的欲望前面设下永恒的距离，公平地给每一个人以局限。如果不能在超越自我局限的无尽路途上去理解幸福，那么史铁生的不能跑与刘易斯的不能跑得更快就完全等同，都是沮丧与痛苦的根源。假若刘易斯不能懂得这些事，我相信，在前述那个中午（即刘易斯被战胜的那个时刻——引者注），他一定是世界上最不幸的人。"[8]

我特别喜欢这段文字，史铁生去世后，朋友们在地坛为他举行的追思会上，我就朗诵了这段文字。假如我有机会面见乾隆，我愿把这段文字朗诵给他，当然我更愿意在倦勤斋的戏台上为他朗诵。我相信乾隆会认真聆听。

无论苏东坡还是史铁生，都在说明一个道理：人生不可求全，无常才是平常。世界上没有一个人的生命是完美无缺的，只有接受无常，把无常当平常，才能真正地面对人生。当然，这些都是大道理，没有愿意无条件地接受它，我也不愿意。

但乾隆还是"倦勤"了。他勤政一生，对"十全"的渴望，让他过得很累，他需要放松、减压，找回天性，放飞自我，因此，在"退休"之年，他已不屑于再做"三好学生""十全老人"了。他更愿做一个顽皮活泼、为所欲为的少年。耄耋之年，生命看到了尽头，那种属于少年的冲动反而变得更加强大。因此，乾隆花园不再像御花园和慈宁宫花园那样，中轴对称，规规矩矩，而是变化多端，想怎样就怎样。在面积不大（相较于紫禁城内的另外三个花园）的花园里，曲廊山石、崖谷洞壑连起二十多座楼堂馆阁，交接错落，"误迷岔道皆胜景"，在室内，他把他喜爱的事物无所顾忌地汇集在一起，就像一个孩子，把自己喜欢的玩具都堆进了自己的房间。

因此，在我看来，《弘历采芝图》和《平安春信图》里的"两个乾隆"，一个是政治的乾隆（成年），一个是"自我的乾隆"（少年）。在画上，少年乾隆预见了自己的未来[9]，成年的乾隆则找回了自己的过去。

六

《是一是二图》也体现了乾隆的"自观意识"。

这图里也有一面镜子——我们看不见它，但它存在，因为图上的两个乾隆——一个是坐在榻上的乾隆，另一个是画屏上挂的肖像画中的乾隆，面容一样，而方向相反——这不与照镜子是一回事吗？

画家抽掉了那面镜子，添上一道屏风，使"两个人"的关系不是对望，而是在屏风前，共同面向（侧对）观众。

到此，关于《是一是二图》的讨论似乎可以结束了，但当我们看到艺术史中的另一幅作品——宋代的《宋人人物图》[图8-6]（作者不详[10]），新的疑惑又会骤然而生。

就像我们走到"东五间"和"西四间"之间的那个镜厅，以为倦勤斋的空间已经到了头，但打开那道伪装成镜子的暗门，才知道在它后面，还别有洞天。

行到水穷处，坐看云起时。

《宋人人物图》构图与《是一是二图》别无二致——应该说，《是一是二图》的构图与《宋人人物图》如出一辙。显然，《是一是二图》抄袭了（或者说，沿用了）《宋人人物图》的构图。

这幅《人物图》又把我们对《是一是二图》的注意力，由《是一是二图》的内部引向了外部。

在《是一是二图》与《人物图》之间，也存在着一种对应性的"镜像关系"。

那么，《是一是二图》对《人物图》的仿制，仅仅是乾隆皇帝的心血来潮，还是心有所本？

像乾隆这样心思缜密的人，随意为之的可能性很小，哪怕只是玩，也是有名堂的。

应当说，他在刻意模仿一个人。

不仅《是一是二图》在模仿《人物图》，乾隆也在模仿《人物图》里的那个"人物"。

通过《是一是二图》，他要找回"世界上另一个我"。

七

曾经听到过一种说法，在这世界上（实际上是我们所说的"世

[图 8-6]

《宋人人物图》册页（局部），宋，佚名

台北故宫博物院 藏

界"之外的一个"平行世界"），会有一个人与自己长得一模一样，比双胞胎还像。这个说法让人觉得有点恐怖，然而，一位叫布兰莱的摄影师，几乎走遍了世界的角落去拍摄人像，向世人证明了，就在我们身处的这个世界上，两个完全没有血缘关系的人，也可以长得一模一样！或许，他就是"世界上另一个我"。这个历时十二年的计划，名字就叫"我，和另一个我"。

"在我的后园，可以看见墙外有两株树，一株是枣树，还有一株也是枣树。"[11] 鲁迅式的调侃，转换成布兰莱的照片，就是：世上有两个人，一个是我，另一个也是我。

幻想大师博尔赫斯，晚年写下的一篇短文，有总结自己一生的意思，名字就叫《博尔赫斯和我》。他说："所有这些事情都是在另一位，也就是在那一个博尔赫斯身上发生的。我漫步在布宜诺斯艾利斯街道上，时而驻步不前，漫无目的地望着某个门厅的拱门和门斗。有关博尔赫斯的情况我是通过信件才知道的，也许我在一个教师的花名册上或是在一部名人字典上见到过他的名字。"[12] 他还写过《我和博尔赫斯》《两个博尔赫斯的故事》，显然，他那么坦然地接受了"另一个博尔赫斯"的存在。

关于"两个自我"的叙述，在中国文学里，最早可以追溯到庄周梦蝶，在先秦时代的某一场梦里，庄周与蝴蝶，已浑然分不出彼此，像乾隆写下的，"是一是二，不即不离"。曹雪芹《红楼梦》也是梦，在这场大梦中，太虚幻境里的"金陵十二钗正册"（还有"金陵十二钗副册""金陵十二钗又副册"），与"现实"中的十二金钗，也形成了这样一种对称的关系。这些卷册，其实是现实中的金钗们存在的另一种形式，她们存在于天上，存在于"太虚幻境"，而大观园里的十二金钗，不过是她们在现实中的赋形。而镜子本身，作为某种对称关系（"贾雨村"与"甄士隐"、十二金钗与"金陵十二钗正册"等）的物质凭证，也成为《红楼梦》里的重要道具，最著名的，就是那面"风月宝鉴"了。据说《红楼梦》也曾经取名：《风月宝鉴》。

乾隆命宫廷画师绘制的《是一是二图》，与宋代《人物图》有意画成完全对应的样子（不是简单的抄袭），好像在这两幅不同朝代的绘画间横亘着一面镜子。镜子这面的主人公是乾隆，另一面则是《人物图》里的那个神秘的士人。

与乾隆互成"世界上另一个我"的，表面上是画屏上那幅肖像，实际上是《人物图》里的那个人。

看不到《人物图》，我们就认识不到这一点。

或者说，《人物图》，是打开乾隆内心世界的一道暗门。

因此，认识乾隆，必须借助《人物图》。

那么，《人物图》里那个人遥远时空里的"我"，到底是谁呢？

八

为此，我不得不又脱开《是一是二图》，把思路链接到《人物图》上去。

《人物图》也是一个秘密，因为在《人物图》上，找不出任何提示性文字，指明这个"人物"的身份。

因此，《人物图》其实是一幅无名之图，一幅"无名人物图"。

就像一幅画、一张照片，作者给它起的名字是：静物，等于什么都没说。

但这丝毫不能阻止艺术史家们探寻的目光。艺术史家是干什么的？就是干这个的——充当艺术史的侦探，循着一些被忽视的蛛丝马迹，找回那些失落的事实，就像找回了一块块砖，填充那座名叫艺术史的大厦。

有人指认，《人物图》里的那个人，是晋代的陶渊明，也有人说他是写《茶经》的陆羽（不知是否根据主人公身旁有执壶点茶的童子），但据台北故宫博物院李霖灿先生认定，那位榻上坐着的人，不是别人，正是王羲之。

他在《中国名画研究》这部巨著中写道：

　　画面上的华贵陈设，既有温酒炖茶之具，又有琴书屏墩之设，分明是一副富贵人家的派头，这与"饥来驱我去，不知竟何之"的陶渊明不合，亦与山野之服萧疏品茗的陆鸿渐不侔，换之为王谢子弟的王逸少[13]，真是再合适也没有了。[14]

这并非只是猜测，拿《人物图》（李霖灿先生称为《宋人着色人物图》）与王羲之的历代画像比对，发现王羲之的面貌很一致。其中有：南宋梁楷的《右军书扇图》、马远的《王羲之玩鹅图》等，都是胖胖脸，细细眼，三绺长髯飘胸前，其中最像的，还是《集古像赞》里的王羲之侧像，与《人物图》里的士人，像是一个模子刻出来的。

尽管这些画家都没有见过王羲之，但王羲之的相貌，并不是全然出自想象，而是有一个标准的。这个标准来自哪里？

它来自王羲之本人。

查唐代张彦远《历代名画记》里，会发现这样的记载：

> 王羲之……书既为威信之冠冕，丹青亦妙[15]。

张彦远还说，王羲之曾经对着镜子画下自己的面容。这幅画的名字，叫《临镜自写真图》。也就是说，历史上最早画过王羲之的，就是王羲之本人，他曾经画过一幅自画像——《临镜自写真图》。

王羲之竟也是一个镜子爱好者，这证明了对于视觉艺术家而言，镜子多么具有诱惑力，在文艺复兴的意大利，自画像的另一个名字就是："镜中肖像"。

这幅《临镜自写真图》，于是成为王羲之的形象之源，成为一代又一代的画家描绘王羲之的依据。至于《临镜自写真图》的样貌，已经无人知晓了。李霖灿先生说，他在美国弗利尔博物馆见到过一本天籁阁旧藏宋人画册，打开册中第五页，看到画中内容与我们提到的《人物图》布局完全相同，题款写着"羲之自写真"，一下子点明了作者和画里主人公都是王羲之（尽管只是宋代摹本）。[16] 李霖灿先生立刻意识到，这幅《人物图》，与他在美国看到的这幅"羲之自写真"，画中人都是王羲之。推理过程是这样的：

　　　　前提：A＝B

　　　　　　　B＝王羲之

　　　结论：A＝王羲之

这 A 和 B（《人物图》与"羲之自写真"），是一母所生的双胞胎，它们的来源，应该是王羲之《临镜自写真图》。

王羲之《临镜自写真图》的真迹存于世上的可能性几乎不存在了，但无论怎样，自从王羲之对着镜子画了自画像，他的形象就留了下来，经过一代代画家的"传移模写"，在时间中开枝散叶，不断繁衍，一直不曾走样，到这幅宋代《人物图》，画中人的容貌，依然保留着鲜明的王氏基因。

乾隆是明白地知道《人物图》中的人物就是王羲之的，因而他令宫廷画师照猫画虎，画出了《是一是二图》，让自己秒变王羲之。

只有王羲之，才能成为乾隆心目中的"另一个我"。

九

难怪在养心殿三希堂，存着乾隆的三件至爱之宝——来自王羲之家族的三件书帖，分别是：王羲之《快雪时晴帖》、王献之《中秋帖》、王珣《伯远帖》。其中，王羲之《快雪时晴帖》，被乾隆奉为"三希"之首，最是爱不释手，在堂中小心供着，一有时间就捧出来仔细端详，一直看到老眼昏花。

他不仅钤上硕大无比的巨型方印"乾隆御览之宝"，还忍不住把自己收藏专用的八枚大印都嘚瑟出来，加盖在上面。乾隆有胆，在帖前后写字，帖前至今留着他"神乎技矣"四字引首，还写"天下无双，古今鲜对"八个小字，甚至忍不住在王羲之的字旁写了长长的观后感。在《快雪时晴帖》上，王羲之的字只有二十八个，乾隆的字却多得数不清，就像一个溺爱孩子的老妇人，絮絮叨叨，没完没了，以至于我们今天将整个书帖展开，差不多有五米长，王羲之的字只占了不到零点二米，只有中间窄窄的一条，被乾隆密不透风的话语和印章层层包围。

而乾隆花园的第一进，领衔的建筑就是禊赏亭，里面有"曲水流觞"，就是在追慕王羲之和他的伙伴们兰亭修禊的风雅盛事，而花园后面的竹香馆，还有符望阁、倦勤斋里的仿斑竹装饰，不是在怀念《兰亭序》里的"茂林修竹"吗？

读了李霖灿先生这段文字，我的心一下就通了——《人物图》通了，《是一是二图》通了，倦勤斋通了，乾隆花园通了，三希堂通了，养心殿通了，乾隆皇帝的心理空间、艺术空间，几乎全通了，整个紫禁城连在了一起，就像一个人的血肉、组织、神经，都彼此联通、交互作用。这宫殿原来不姓爱新觉罗，而是姓王。仕途不顺的王羲之，可曾想过会受到如此待遇？

我们的节目《上新了·故宫》也通了。于是，拍到倦勤斋时，我和导演毛嘉设计了一场戏，让周一围扮演的乾隆站在那间狭小的"镜厅"里，临镜自照——这是影视版的《是一是二图》。我们用特效把"两个乾隆"合现在一个画面里，镜子外的是身穿皇帝朝服的乾隆，镜子里的，是风雅多姿的王羲之。不知"他们"

到底是一,还是二？于是,在乾隆与王羲之（乾隆的"两个自我"）之间,展开了这样一场"对话"：

乾隆：你,是谁？

王羲之：我？我就是你呀！

乾隆：你是我……

王羲之：对,我就是你,我是你心中的那个你,我在江南长大,江南湿润的空气浸漫我的身体。在雾气迷蒙的白日,我泛舟、会友、写诗、作画;在繁星点点的夜晚,我携手挚爱,秉烛夜赏昙花,我身边是我喜欢的一切!

乾隆：(打断王羲之) 人怎么可能身边都是自己喜欢的一切! 哪怕是朕,在皇位上端坐了几十年,朕自命"十全老人",都做不到这样的圆满。

王羲之：我就是那个不用端坐在皇位上的你,我们都有一样的骄傲,你的骄傲在天下版图中驰骋,我的骄傲却是一身无挂无碍的自由!

乾隆：自由……这天下都是朕的,谁能比朕自由,哈哈……

王羲之：你的身边就是天下,你的心里也得时时装着天下。

乾隆：是啊,朕,如果也无挂无碍随心所欲,那不叫自由,那叫……自私。

王羲之：所以，有你牵挂着天下，我才会如此洒脱。现在，你已经做到了你应做的一切，大可回到你魂牵梦萦的江南，江南也在等着你归来！

乾隆：江南……江南……

一围是真正的演员，当他说完最后一句台词，泪水就在眼眶里打转，却不让它掉下来。现场所有人，都屏住气息。

十

茂林修竹，曲水流觞，这是乾隆最向往的归隐地。他渴盼在这里，与最好的自己相逢。

但这，不过是他的一厢情愿而已。

这世界上，猫是猫，狗是狗，万类霜天竞自由。乾隆永远不可能成为王羲之，就像他临写的《快雪时晴帖》，连形似都没有做到。

我又想起史铁生说刘易斯的那段话。而乾隆热衷的镜子，不过是一道穿不过去的门而已［图8-7］。

[图8-7]

倦勤斋中的通景画

任超 摄

图版说明

第一章　空山

图 1-1：《千里江山图》卷，北宋，王希孟，北京故宫博物院藏

图 1-2：《潇湘奇观图》卷，南宋，米友仁，北京故宫博物院藏

图 1-3：《快雪时晴图》卷，元，黄公望，北京故宫博物院藏

图 1-4：《丹崖玉树图》轴，元，黄公望，北京故宫博物院藏

图 1-5：《无用师卷》，元，黄公望，台北故宫博物院藏

图 1-6：《剩山图》卷，元，黄公望，浙江省博物馆藏

图 1-7：《仿富春山居图》卷，明，沈周，北京故宫博物院藏

第二章　秋云无影树无声

图 2-1：《容膝斋图》轴（局部），元，倪瓒，台北故宫博物院藏

图 2-2：《秋亭嘉树图》轴，元，倪瓒，北京故宫博物院藏

图 2-3：《林亭远岫图》轴，元，倪瓒，北京故宫博物院藏

第五章　家在云水间

图 5-1：《月堤烟柳图》卷，明，柳如是，北京故宫博物院藏

图 5-2：《桂花书屋图》轴（局部），明，沈周，北京故宫博物院藏

图 5-3：《事茗图》卷，明，唐寅，北京故宫博物院藏

图 5-4：《西郊草堂图》轴，元，王蒙，北京故宫博物院藏

图 5-5：《快雪时晴图》卷（局部），元，黄公望，北京故宫博物院藏

图 5-6：《楼居图》轴，明，文徵明，美国大都会艺术博物馆藏

第六章　如花美眷，似水流年

图 6-1：《雍亲王题书堂深居图》屏，清，宫廷画师，北京故宫博物院藏

图 6-2：《胤禛行乐图》轴之"采花"（局部），清，宫廷画师，北京故宫博物院藏

图 6-3：《闺秀诗评图》轴，宋，盛师颜（明摹），美国弗利尔美术馆藏

图 6-4：《胤禛行乐图》册页之"松涧鼓琴"，清，宫廷画师，北京故宫博物院藏

图 6-5：《胤禛行乐图》册页之"刺虎"，清，宫廷画师，北京故宫博物院藏

第七章　道路上的乾隆

图 7-1：《豳风图》卷，南宋，马和之，北京故宫博物院藏

图 7-2：《五牛图》卷，唐，韩滉，北京故宫博物院藏

图 7-3：《乾隆南巡图》卷之"阅视黄淮河工"（局部），清，徐扬，美国大都会艺术博物馆藏

图 7-4：《乾隆南巡图》卷之"驻跸姑苏"（局部），清，徐扬，美国大都会艺术博物馆藏

第八章　对照记

图 8-1：《弘历采芝图》轴，清，佚名，北京故宫博物院藏

图 8-2：《平安春信图》轴，清，郎世宁，北京故宫博物院藏

图 8-3：《是一是二图》轴，清，佚名，北京故宫博物院藏

图 8-4：《岁朝婴戏图》通景画，清，宫廷画师，北京故宫博物院藏

图 8-5：《岁朝婴戏图》通景画（局部），清，宫廷画师，北京故宫博物院藏

图 8-6：《宋人人物图》册页（局部），宋，佚名，台北故宫博物院藏

图 8-7：倦勤斋中的通景画，任超摄

注　释

自序　故宫沙砾

[1]《古物陈列所章程》，原载北平古物陈列所编：《古物陈列所二十周年纪念专刊》，转引自吴十洲：《故宫涅槃——从皇宫到故宫博物院》，第 93 页，北京：社会科学文献出版社，2018 年版。

[2] 李敬泽：《小春秋》，第 1 页，北京：新星出版社，2010 年版。

[3] 孙机：《从历史中醒来——孙机谈中国古文物》，第 445 页，北京：生活·读书·新知三联书店，2016 年版。

第一章　空山

[1] 徐邦达：《古书画过眼要录》，见《徐邦达集》，第九册，第 119 页，北京：故宫出版社，2015 年版。

[2]〔元〕黄公望：《西湖竹枝集》，见〔明〕钱谦益：《列朝诗集》，明诗，甲集前编第七之下，北京：中华书局，2007 年版。

[3]〔唐〕张彦远：《历代名画记》，第 28 页，杭州：浙江人民美

术出版社，2011 年版。

[4] 金庸：《射雕英雄传》，第二册，第 443 页，广州：广州出版社、花城出版社，2003 年版。

[5] 〔唐〕张若虚：《春江花月夜》，见《中国历代文学作品选》，中编第一册，第 18 页，上海：上海古籍出版社，1980 年版。

[6] 韦羲：《照夜白——山水、折叠、循环、拼贴、时空的诗学》，第 227 页，北京：台海出版社，2017 年版。

[7] 同上书，第 59 页。

[8] 〔清〕王原祁：《麓台题画稿》，转引自温肇桐编：《黄公望史料》，第 50 页，上海：上海人民美术出版社，1963 年版。

[9] 〔元〕黄公望：《写山水诀》，见《黄公望集》，第 27 页，杭州：浙江人民美术出版社，2016 年版。

[10] 黄公望，本名陆坚，字子久，号一峰，又号大痴道人，晚号井西道人。

[11] 〔明〕李日华：《六研斋笔记》，转引自温肇桐编：《黄公望史料》，第 45 页，上海：上海人民美术出版社，1963 年版。

[12] 〔清〕恽格：《瓯香馆画跋》，转引自温肇桐编：《黄公望史料》，第 60 页，上海：上海人民美术出版社，1963 年版。

[13] 〔元〕夏文彦：《图绘宝鉴》，转引自温肇桐编：《黄公望史料》，第 36 页，上海：上海人民美术出版社，1963 年版。

[14] 现为江西省上饶市信州区。

[15] 徐复观：《中国艺术精神》，第 168 页，桂林：广西师范大学

出版社，2007 年版。

［16］〔北宋〕郭熙：《林泉高致》，见《中国古代画论类编》，上册，第 639 页，北京：人民美术出版社，2014 年版。

［17］韦羲：《照夜白——山水、折叠、循环、拼贴、时空的诗学》，第 88—90 页，北京：台海出版社，2017 年版。

［18］西川：《唐诗的读法》，原载《十月》，2016 年第 6 期。

［19］ 黄公望未参加过科举考试，有人说他"十二三岁时，就在本县参加了神童考试"，实际上南宋亡国前（景定、咸淳中）已废童子科考试，元初并未恢复，因而黄公望也不可能参加此项考试。至于做官，黄公望当过吏，没有当过官。吏是具体办事人员，没有决策权。在元代，吏与官的区别是很严格的。

［20］李敬泽：《小春秋》，第 146 页，北京：新星出版社，2010 年版。

［21］〔元〕戴表元：《一峰道人遗集·黄大痴像赞》，转引自〔清〕孙承泽：《庚子销夏记》，第 38 页，杭州：浙江人民美术出版社，2012 年版。

［22］黄宾虹：《古画微》，第 44 页，杭州：浙江人民美术出版社，2013 年版。

［23］西川：《唐诗的读法》，原载《十月》，2016 年第 6 期。

［24］〔清〕王原祁：《麓台题画稿》，见温肇桐编：《黄公望史料》，第 50 页，上海：上海人民美术出版社，1963 年版。

［25］〔明〕董其昌：《画禅室随笔》，同上书，第 44 页。

第二章　秋云无影树无声

[1]　〔美〕高居翰：《隔江山色——元代绘画》，第 126 页，北京：生活·读书·新知三联书店，2009 年版。

[2]　倪瓒，初名珽，字元镇，又字玄瑛，号云林、云林子、云林生等。

[3]　祝勇：《血朝廷》，第 326 页，上海：上海文艺出版社，2011 年版。

[4]　〔明〕何良俊在《四友斋丛说》，转引自《清閟阁集》，第 1 页，杭州：西泠印社出版社，2012 年版。

[5]　〔清〕张廷玉等：《明史》，第 5104 页，北京：中华书局，2000 年版。

[6]　〔元〕倪瓒：《拙逸斋诗稿序》，见《清閟阁集》，第 312 页，杭州：西泠印社出版社，2012 年版。

[7]　《云林遗事》，同上书，第 367—368 页。

[8]　指汉高祖刘邦和明太祖朱元璋。

[9]　梁启超：《李鸿章传》，第 12 页，天津：百花文艺出版社，2000 年版。

[10]　〔清〕张廷玉等：《明史》，第 5104 页，北京：中华书局，2000 年版。

[11]　关于清閟阁之毁，大抵有三种说法：第一种说法认为是朱元璋所毁；第二种说法认为是元军所毁，黄苗子先生持此说，参见黄苗子：《艺林一枝——古美术文编》，第 44 页，北京：生活·读书·新知三联书店，2003 年版；第三种说法认为是倪瓒亲自烧毁，参见钱松喦：《访问祇陀里》，原载《美术》，1961 年第 6 期。

[12] 黄苗子、郝家林：《倪瓒年谱》，第 57 页，北京：人民美术出版社，2009 年版。

[13]〔元〕倪瓒：《北里》，见《清閟阁集》，第 130 页，杭州：西泠印社出版社，2012 年版。

[14]〔元〕倪瓒：《春日》，同上书，第 130—131 页。

[15]《云林遗事》，同上书，第 368 页。

[16]〔元〕倪瓒：《与耕云书》，同上书，第 130 页。

[17] 参见［德］雷德侯：《万物——中国艺术中的模件化和规模化生产》，第 4 页，北京：生活·读书·新知三联书店，2005 年版。

[18] 同上书，第 11 页。

[19]［美］高居翰：《隔江山色——元代绘画》，第 126 页，北京：生活·读书·新知三联书店，2009 年版。

[20] 安妮宝贝：《素年锦时》，第 130 页，北京：北京十月文艺出版社，2007 年版。

[21] 黄苗子、郝家林：《倪瓒年谱》，第 135 页，北京：人民美术出版社，2009 年版。

[22]［美］高居翰：《隔江山色——元代绘画》，第 126 页，北京：生活·读书·新知三联书店，2009 年版。

[23]〔元〕倪瓒：《重题〈容膝斋图〉》，见《清閟阁集》，第 345 页，杭州：西泠印社出版社，2012 年版。

[24] 张宏杰：《大明王朝的七张面孔》，第 56—57 页，桂林：广西师范大学出版社，2006 年版。

[25] 徐复观：《中国艺术精神》，第 176 页，桂林：广西师范大学出版社，2007 年版。

[26] [美] 高居翰：《画家生涯——传统中国画家的生活与工作》，第 37 页，北京：生活·读书·新知三联书店，2012 年版。

[27] [美] 巫鸿：《时空中的美术——巫鸿中国美术史文编二集》，第 148 页，北京：生活·读书·新知三联书店，2009 年版。

[28] 同上。

[29] 同上书，第 146 页。

[30] 即乾隆十六年至四十一年的第一次文字狱高峰和乾隆四十二年至四十八年的第二次文字狱高峰。

[31] 吕留良案详见本书第六章《如花美眷，似水流年》。

第三章　死生契阔，与子成说

[1] 安意如：《人生若只如初见》，第 124 页，天津：天津教育出版社，2006 年版。

[2] [美] 巫鸿：《时空中的美术——巫鸿中国美术史文编二集》，第 246 页，北京：生活·读书·新知三联书店，2009 年版。

[3] 〔明〕杨一清：《用赠谢伯一举人韵，赠唐子畏解元》，转引自王稼句：《吴门四家》，第 193 页，苏州：古吴轩出版社，2004 年版。

[4] 一作唐广德。

[5] 余华：《活着》，第 176 页，海口：南海出版公司，1998 年版。

[6] 同上书，第 191 页。

[7]［美］高居翰：《江岸送别——明代初期与中期绘画》，第 199 页，北京：生活·读书·新知三联书店，2009 年版。

[8]〔明〕陶宗仪：《书史会要》，见《景印文渊阁四库全书》，总第八一四卷，子部，第一二〇卷，第 740 页，台北：台湾商务印书馆，1983 年版。

[9]《列朝诗集小传》丁集"金陵社集诸诗人"条。

[10]〔北宋〕郑文宝：《南唐近事》，见《全宋笔记》，第一编，第二册，第 225 页，郑州：大象出版社，2003 年版。

[11] 参见汪民安：《身体、空间和后现代性》，第 266 页，南京：江苏人民出版社，2006 年版。

[12]［加］卜正民：《纵乐的困惑——明代的商业与文化》，第 12 页，北京：生活·读书·新知三联书店，2004 年版。

[13]〔明〕张岱：《琅嬛文集》，卷五，第 199 页，长沙：岳麓书社，1985 年版。

[14] 邓晓东：《唐寅研究》，第 131 页，北京：人民出版社，2012 年版。

[15]〔明〕陈献章：《陈献章集》，卷四，第 364 页，北京：中华书局，1987 年版。

[16]〔明〕卢柟：《蠛蠓集》，卷四，转引自《珂雪斋近集》，卷三，第 99 页，上海：上海书店，1986 年版。

[17] 朱大可：《乌托邦》，第 14—15 页，北京：东方出版社，2013 年版。

[18]〔明〕张岱：《陶庵梦忆》，见《景印文渊阁四库全书》，总第

一二六〇册（影印北图藏清乾隆五十九年王文诰刻本），子部，台北：台湾商务印书馆，1983 年版。

[19]　李泽厚：《中国古代思想史论》，第 251 页，合肥：安徽文艺出版社，1994 年版。

[20]　〔南宋〕朱熹：《朱子语类》，见《景印文渊阁四库全书》，总第七〇〇册，子部，第六册，第 199 页，台北：台湾商务印书馆，1983 年版。

[21]　〔南宋〕叶绍翁：《四朝闻见录》，见《景印文渊阁四库全书》，总第一〇三九册，子部，第三四五册，第 733 页，台北：台湾商务印书馆，1983 年版。

[22]　〔南宋〕朱熹：《朱文公集》，卷八五。

[23]　朱大可：《乌托邦》，第 23 页，北京：东方出版社，2013 年版。

[24]　同上。

[25]　陈东原：《中国妇女生活史》，第 35—36 页，上海：上海书店出版社，1984 年版。

[26]　同上书，第 476 页。

[27]　同上书，第 566 页。

[28]　陈宝良：《明代社会生活史》，第 93 页，北京：中国社会科学出版社，2004 年版。

[29]　〔明〕杨继盛：《杨忠愍集》，见《景印文渊阁四库全书》，总第一二七八册，集部，第 665 页，台北：台湾商务印书馆，1983 年版。

[30]　〔加〕卜正民：《纵乐的困惑——明代的商业与文化》，第 266

页，北京：生活·读书·新知三联书店，2004 年版。

[31]　王稼句：《花船》，原载《东方艺术·经典》，2006 年 11 月下半月刊。

[32]　陶慕宁：《青楼文学与中国文化》，第 47—48 页，北京：东方出版社，1993 年版。

[33]　刘半农等：《赛金花本事》，第 2 页，北京：中国人民大学出版社，2006 年版。

[34]　叶兆言：《旧影秦淮》，第 3 页，南京：南京大学出版社，2011 年版。

[35]〔明〕唐寅：《自醉壖言》，见《唐伯虎全集》，《轶事》卷二，杭州：中国美术学院出版社，2002 年版。

[36]〔清〕张廷玉等：《明史》，第 4914 页，北京：中华书局，2000 年版。

[37]　转引自〔美〕巫鸿：《重屏：中国绘画中的媒材与再现》，第 156 页，上海：上海人民出版社，2009 年版。

[38]〔明〕唐寅：《又与文徵明书》，见《唐伯虎全集》，第 224 页，杭州：中国美术学院出版社，2002 年版。

[39]〔明〕唐寅：《侠客》，同上书，第 13 页。

[40]〔明〕李贽：《焚书》，第 13 页，北京：中华书局，2002 年版。

[41]〔清〕汪景祺：《读书堂西征随笔·自序》。

[42]　安意如：《人生若只如初见》，第 186 页，天津：天津教育出版社，2006 年版。

[43]《诗经》，上卷，第 77 页，北京：中华书局，2011 年版。

[44] 转引自陶慕宁：《青楼文学与中国文化》，第 185 页，北京：东方出版社，1993 年版。

第四章　一个家族的血缘密码

[1]〔清〕沈复：《浮生六记》，第 191 页，北京：中国画报出版社，2011 年版。

[2]《万历野获编》，卷二列朝，嘉靖始终不御正宫。

[3] 今山东惠民。

[4] 参见〔明〕刘若愚：《酌中志》，第 149 页，北京：北京出版社，2018 年版。

[5] [美] 保罗·纽曼：《恐怖：起源、发展和演变》，第 15—16 页，上海：上海人民出版社，2005 年版。

[6] 参见〔明〕祝允明：《野记》。

[7] 转引自〔清〕沈复：《浮生六记》，第 189 页，北京：中国画报出版社，2011 年版。

[8] 同上书，第 191 页。

[9]〔北宋〕苏轼：《子由自南都来陈三日而别》，见《苏轼全集校注》，第四册，第 2115 页，石家庄：河北人民出版社，2010 年版。

第五章　家在云水间

[1] 参见陈寅恪：《柳如是别传》，上册，第 3—4 页，北京：生活·读

书·新知三联书店，2001 年版。

[2] 同上书，第 4 页。

[3] 苏枕书：《一生负气成今日》，第 82 页，北京：同心出版社，2011 年版。

[4] 黄裳：《绛云书卷美人图——关于柳如是》，第 59 页，北京：中华书局，2013 年版。

[5] [罗马尼亚] 米希尔·埃利亚德：《神秘主义，巫术与文化时尚》，第 32 页，北京：光明日报出版社，1990 年版。

[6] 敬文东：《从铁屋子到天安门——二十世纪中国文学的空间主题》（上），原载《阅读》，第 1 辑，第 176—177 页，北京：中国社会科学出版社，2004 年版。

[7] [阿根廷] 博尔赫斯：《科尔律治之梦》，见《博尔赫斯文集·小说卷》，第 554 页，海口：海南国际新闻出版中心，1996 年版。

[8] 同上书，第 556 页。

[9] 石守谦：《从风格到画意——反思中国美术史》，第 282 页，北京：生活·读书·新知三联书店，2015 年版。

[10] 〔清〕吴伟业：《张南垣传》，见《吴梅村全集》，第 1059—1061 页，上海：上海古籍出版社，1990 年版。

[11] 北京大学古文献研究所：《全宋诗》，第二十九册，第 18569 页，北京：北京大学出版社，1996 年版。

[12] 扬之水：《宋代花瓶》，第 1 页，北京：人民美术出版社，2014 年版。

[13] 〔明〕文震亨：《长物志》，见《长物志　考槃馀事》，第 84 页，杭州：浙江人民美术出版社，2011 年版。

[14] 黄裳：《绛云书卷美人图——关于柳如是》，第 81—82 页，北京：中华书局，2013 年版。

[15] 今江苏省长江北岸，扬州市南面。

[16] 原文转引自黄裳：《绛云书卷美人图——关于柳如是》，第 16 页，北京：中华书局，2013 年版。

[17] 原文见〔清〕计六奇：《明季南略》，第 217 页，北京：中华书局，1984 年版。

[18] 〔明〕谈迁：《国榷》，第六卷，第 6212 页，北京：中华书局，1958 年版。

[19] 李书磊：《重读古典》，第 16 页，北京：中国广播电视出版社，1997 年版。

[20] 陈寅恪：《柳如是别传》，下册，第 848 页，北京：生活·读书·新知三联书店，2001 年版。

第六章　如花美眷，似水流年

[1] 扬之水：《有美一人》，见《无计花间住》，第 155 页，上海：上海人民出版社，2011 年版。

[2] 巫鸿在《时空中的美术》一书中提到，他在 1993 年同杨臣彬和石雨村的谈话中听到他们 1950 年清点库房时发现《十二幅美人图》的往事，见巫鸿：《时空中的美术》，第 296 页，注 48，北京：生活·读

书·新知三联书店，2009 年版。

[3] 参见马衡：《马衡日记——一九四九年前后的故宫》，第 110—111 页，北京：紫禁城出版社，2006 年版。

[4] 杨新：《胤禛美人图揭秘》，第 18 页，北京：故宫出版社，2013 年版。

[5] 参见黄苗子：《记雍正妃画像》，原载《紫禁城》，1983 年第 4 期。

[6] 参见朱家溍：《关于雍正时期十二幅美人画的问题》，原载《紫禁城》，1986 年第 3 期。

[7] 转引自[美]巫鸿：《重屏：中国绘画中的媒材与再现》，第 187 页，上海：上海人民出版社，2009 年版。

[8] [美] 巫鸿：《重屏：中国绘画中的媒材与再现》，第 187 页，上海：上海人民出版社，2009 年版。

[9] 参见杨新：《胤禛美人图揭秘》，北京：故宫出版社。2013 年版。

[10] 南帆：《面容意识形态》，见《叩访感觉》，第 52 页，上海：东方出版中心，1999 年版。

[11] [阿根廷] 博尔赫斯：《沙之书》，《博尔赫斯文集》，小说卷，第 506 页，海口：海南国际新闻出版中心，1996 年版。

[12] [法] 西蒙娜·德·波伏瓦：《第二性》，第一卷，第 1 页，上海：上海译文出版社，2011 年版。

[13] 同上书，第 7—8 页。

[14] 扬之水《有美一人》一文是对美人图历史的回顾与梳理，见《无计花间住》，第 155—164 页，上海：上海人民出版社，2011 年版。

[15] 阎崇年：《清朝十二帝》，第 114 页，北京：故宫出版社，2010 年版。

[16] 转引自宗凤英：《清代宫廷服饰》，第 191 页，北京：紫禁城出版社，2004 年版。

[17]〔清〕蒋良骐：《东华录》，卷五，第 80 页，北京：中华书局，第 80 页。

[18] 参见汉史氏：《清代兴亡史》，《清代野史》，第一辑，第 21 页，成都：巴蜀书社，1987 年版。

[19]〔清〕吕留良：《万感集》，清抄本。

[20] 孟晖:《"闷骚男"雍正》，见《唇间的美色》，第 232 页，济南：山东画报出版社，2012 年版。

[21] [美]巫鸿:《重屏：中国绘画中的媒材与再现》，第 189 页，上海：上海人民出版社，2009 年版。

[22] 同上书，第 195 页。

[23] 参见〔清〕于敏中等编纂：《日下旧闻考》，第二册，第 1321 页，北京：北京古籍出版社，1985 年版。

[24] [美] 史景迁：《康熙——重构一位中国皇帝的内心世界》，第 9 页，桂林：广西师范大学出版社，2011 年版。

[25]《清太祖实录》，卷 234，九月丁丑条。

[26]〔清〕曹雪芹著、无名氏续：《红楼梦》，下卷，第 1042 页，北京：人民文学出版社，2008 年版。

[27]《庭训格言》，第 96 页。

[28]〔清〕天嘏：《清代外史》，《清代野史》，第 120 页，成都：巴蜀书社，1987 年版。

[29]《大义觉迷录》卷一。

[30]〔清〕吕留良：《四书讲义》，卷十七。

[31] [美] 巫鸿：《时空中的美术——巫鸿中国美术史文编二集》，第 357 页，北京：生活·读书·新知三联书店，2009 年版。

[32] 同上书，第 365—366 页。

[33] 阎崇年：《清朝十二帝》，第 209 页，北京：故宫出版社，2010 年版。

[34] 同上书，第 193 页。

[35] [美] 巫鸿：《重屏：中国绘画中的媒材与再现》，第 179 页，上海：上海人民出版社，2009 年版。

[36]〔清〕卫泳：《悦容编》，见《香艳丛书》影印本，卷一，第 77 页，上海：上海书店出版社，1991 年版。

[37]《圆明园图咏》卷下《四宜书屋》。

[38]《礼记》，第 425—426 页，郑州：中州古籍出版社，2010 年版。

[39]《清世宗诗文集》，卷三十。

[40] 北起自外兴安岭以南，东北至北海（贝尔加湖），东含库页岛，西至巴尔喀什湖以东，继承了 1758 年准噶尔汗国的边界，形成了空前"大一统"的多民族国家，即使晚清割让了许多领土，但它留给中华民国和中华人民共和国的国土遗产，仍然比除元朝以外的任何朝代都大。

[41] 乾隆五十五年，即公元 1790 年，帝国人口突破三亿，比

1644 年清军入关前翻了一番。

[42] 康乾盛世之后，中国的国内生产总值恢复到世界的三分之一，美国学者肯尼迪在《大国的兴衰》一书中指出，当时中国的工业产量，占世界的百分之三十二。

[43]《大清圣祖仁皇帝实录》，卷二百三十六，第 16 页。

[44]［法］白晋等：《老老外眼中的康熙大帝》，第 213 页，北京：人民日报出版社，2008 年版。

[45]《大清圣祖仁皇帝实录》，卷二百七十五，第 1—2 页。

[46] 同上书，第 5 页。

[47]《庭训格言》，第 115 页。

[48] 南子：《西域的美人时代》，第 172—173 页，桂林：广西师范大学出版社，2010 年版。

[49] 参见［美］巫鸿：《重屏：中国绘画中的媒材与再现》，第 186 页，上海：上海人民出版社，2009 年版。

[50] 参见上书，第 194 页。高阳先生在《清朝的皇帝》一书中，认为董小宛就是顺治皇帝的妃子董鄂妃，但据冒辟疆《影梅庵忆语》所记，1644 年清军入关时，董小宛二十一岁，顺治帝才七岁，顺治八年（公元 1651 年）董小宛病死时，顺治皇帝才十四岁。尽管不能以此证明董小宛不是顺治妃子，但也不能证明董小宛就是顺治妃子。

[51]《澄怀园主人自订年谱》，卷三。

[52]［俄］巴赫金：《审美活动中的作者与主人公》，见《巴赫金全集》，第一卷，第 133 页，河北教育出版社，1998 年版。

[53] 同上书，第 127—128 页。

[54] 同上书，第 131 页。

[55] 〔清〕曹雪芹著，无名氏续：《红楼梦》，上卷，第 166 页，北京：人民文学出版社，2008 年版。

[56] 参见上书，第 166—167 页。

第七章　道路上的乾隆

[1] 参见戴思杰：《无月之夜》，第 11 页，北京：北京十月文艺出版社，2011 年版。

[2] 范捷：《皇帝也是人——富有个性的大宋天子》，第 248 页，北京：故宫出版社，2011 年版。

[3] 陈来：《中华文明的核心价值——国学流变与传统价值观》，第 39—40 页，北京：生活·读书·新知三联书店，2015 年版。

[4] 〔清〕乾隆：《学诗堂记》，见《御制文集·二集》，卷十一。

[5] 《南巡——御驾所及的江南风景》，原载《紫禁城》，2014 年 4 月号。

[6] 转引自谢一峰：《重访宋徽宗》，原载《读书》，2015 年第 7 期。

[7] 《清高宗实录》，卷八一三。

[8] 〔清〕曹雪芹、高鹗著：《红楼梦》，上册，第 217 页，北京：人民文学出版社，1982 年版。

[9] 参见 [美] 欧立德：《乾隆帝》，第 117 页，北京：社会科学文献出版社，2014 年版。

[10]　林永匡：《乾隆帝与官吏对盐商额外盘剥剖析》，原载《社会科学辑刊》，1984 年第 3 期。

[11]　《清稗类钞》，《巡幸类》。

[12]　柏杨：《中国人史纲》（青少年版），第 455 页，北京：人民文学出版社，2018 年版。

[13]　祝勇：《旧宫殿》，第 56 页，北京：东方出版社，2015 年版。

[14]　杜哲森：《中国传统绘画史纲》，第 489 页，北京：人民美术出版社，2015 年版。

[15]　李敬泽：《小春秋》，第 149 页，北京：新星出版社，2010 年版。

[16]　[美] 黄仁宇：《中国大历史》，第 230 页，北京：生活·读书·新知三联书店，1997 年版。

第八章　对照记

[1]　参见聂崇正：《再谈郎世宁的〈平安春信图〉轴》，原载《紫禁城》，2008 年第 7 期。

[2]　[美] 巫鸿：《重屏——中国绘画中的媒材与再现》，第 200 页，上海：上海人民出版社，2009 年版。

[3]　同上书，第 199 页。

[4]　参见扬之水：《〈二我图〉与〈平安春信图〉》，原载《紫禁城》，2009 年第 6 期；王子林：《〈平安春信图〉中的长者是谁》，原载《紫禁城》，2009 年第 10 期。

[5]　参见王子林：《〈平安春信图〉中的长者是谁》，原载《紫禁城》，

2009 年第 10 期。

[6] 扬之水说："通景画在清宫档案中又称作线法画，它以中西技法相结合的方式制成颇有立体感的整壁图画，利用视象错觉延伸室内空间，因成一种独特的室内装修形式。"参见扬之水：《乾隆趣味：宁寿宫花园玉粹轩明间西壁通景画的解读》，第 3 页，北京：故宫出版社，2014 年版。

[7]〔清〕曹雪芹著、无名氏续：《红楼梦》，上卷，第 169 页，北京：人民文学出版社，2008 年版。

[8] 史铁生：《我的梦想》，见《史铁生散文》，上册，第 21 页，北京：中国广播电视出版社，1998 年版。

[9]《弘历采芝图》上款署"长春居士"，下钤"宝亲王宝"，证明此图最早成于雍正十一年（公元 1733 年），最晚成于雍正十三年（公元 1735 年），因为画中王羲之（乾隆）于雍正十一年受封为和硕宝亲王，雍正十三年登基称帝。画中梁诗正款署"雍正甲寅"，为雍正十二年（公元 1734 年），表明此画至迟在雍正十二年就已绘制完成。《弘历采芝图》在北京故宫博物院藏乾隆肖像画中应为创作年代最早的一件。

[10] 巫鸿先生将作者定为南宋末年著名画家刘松年，参见［美］巫鸿：《重屏——中国绘画中的媒材与再现》，第 206 页，上海：上海人民出版社，2009 年版。

[11] 鲁迅：《秋夜》，见《鲁迅散文》，第 1—2 页，北京：人民文学出版社，2005 年版。

[12]［阿根廷］博尔赫斯：《博尔赫斯和我》，见《博尔赫斯文集》，

小说卷，第 565 页，海口：海南国际新闻出版中心，1996 年版。

[13]　王羲之（303—361 年，一作 321—379 年），字逸少，东晋时期著名书法家，有"书圣"之称，代表作《兰亭序》被誉为"天下第一行书"。在书法史上，他与其子王献之合称为"二王"。详见拙文《永和九年的那场醉》，见《纸上的故宫》，第 3—30 页，武汉：长江文艺出版社，2017 年版。

[14]　李霖灿：《中国名画研究》，第 295 页，杭州：浙江大学出版社，2014 年版。

[15]　〔唐〕张彦远：《历代名画记》，第 85 页，杭州：杭州人民美术出版社，2011 年版。

[16]　李霖灿：《中国名画研究》，第 295 页，杭州：浙江大学出版社，2014 年版。

人民文学出版社